日本語と日本文化
일본어와 일본 문화

편저자 **황미옥**

제이앤씨
Publishing Corporation

말의 기능은 무엇일까요? 말로 의사를 전달하고 창조하며, 창조된 것을 감상, 표출하고 기록하며 사고합니다. 또한 집단 사고를 하는 언어행동과 말로 인식하고 사고하며, 기억하는 언어행동으로 말의 기능을 생각할 수 있습니다.

　말, 언어를 배운다는 것은 어휘나 문형을 배우는 기계적인 작업이 아닙니다. 말과 문화에 의해 사고에 차이가 생기며 또 그 차이는 문장구조에도 반영됩니다. 영어에서 눈은 'snow'라는 하나의 단어지만 이누이트에서는 다양한 단어를 가지고 있습니다. 'aput'(지면에 쌓인 눈), 'persoq'(눈보라), 'qanik'(함박눈) 등, 눈의 상태에 따라 다른 말로 표현하고 있습니다. 즉 영어 화자와 이누이트 언어 화자 간에는 '눈(snow)'에 대한 인식 방법이 상이하므로 상이한 환경의 경험이 말에 반영된 것으로 생각됩니다. 언어가 문화를 반영하고 있어서 '눈(snow)'에 대한 지각, 인식에 영향을 주고 있는 것입니다.

　한 나라의 언어를 배운다는 것은 그 나라의 문화를 배우는 것이며 또한 타자와의 커뮤니케이션 행위를 통한 사회와 문화의 접촉이라고 생각합니다. 일본어와 일본 문화에는 외국인의 눈에는 이해하기 어려운 점들이 있습니다. 각각의 언어에는 특유의 발상과 고유의 시점 의식이 있어 그것이 언어에 나타나는 것입니다.

이 책은 일본어의 특징이 나타나 있는 '자연과 일본어', '일본인의 사고 양식', '일본어와 일본 문화' 등으로 일본어를 통하여 일본인의 감정, 사고방식, 나아가 일본 문화를 이해하고자 하는 데 그 목적이 있습니다. 언어란 문화인 것을 자각하여 배우고 사용하는 것이 필요합니다. 언어를 통해 열린 새로운 세계, 또 다른 가치 체계와의 조우가 먼 나라 사람들에 대한 연대감으로 이어질 것입니다.

일러두기 이 책의 한국어 해석은 일본어 학습자들을 위해 지나친 의역은 피하였습니다.

• 目次 •

序文 … 002

第一章. 言語文化学 ▮ 언어문화학　　　　　007

1.1. 言語と文化の相互作用 ▮ 언어와 문화의 상호작용 ·····················008

　1.1.1. サピア・ウォーフ仮説 ▮ 사피어워프 가설 ·····················008

　1.1.2. 言語と文化の密接さ ▮ 언어와 문화의 밀접함 ·····················016

　1.1.3. 比較研究と等価性 ▮ 비교 연구와 등가성 ·····················019

1.2. 言語と文化 ▮ 언어와 문화 ·····················027

　1.2.1. 言葉と文化 ▮ 언어와 문화 ·····················027

　1.2.2. 感情と文化 ▮ 감정과 문화 ·····················032

　1.2.3. 間と文化 ▮ 여백과 문화 ·····················035

　　1.2.3.1. 「建前」尊重 ▮ 원칙 존중 ·····················035

　　1.2.3.2. 七分の美 ▮ 칠부의 미 ·····················043

第二章. 自然と日本語 ▐ 자연과 일본어　　　　　　　051

2.1. 季節のイメージ ▐ 계절의 이미지 ·····················052

2.1.1. 四季 ▐ 사계 ······································052

2.1.2. 春から夏 ▐ 봄부터 여름 ······················055

2.1.3. 夏から秋 ▐ 여름부터 가을 ····················065

2.1.4. 冬 ▐ 겨울 ·······································066

2.1.5. 新年 ▐ 신년 ····································069

2.2. 海と日本語 ▐ 바다와 일본어 ·······················073

2.3. 山と日本語 ▐ 산과 일본어 ·························078

2.4. 雨と日本語 ▐ 비와 일본어 ·························087

第三章. 日本人の思考様式 ▐ 일본인의 사고 양식　　093

3.1. 日本人のマイナス的思考様式 ▐ 일본인의 마이너스적 사고 양식　094

3.1.1. マイナス的思考様式 [1] ▐ 마이너스적 사고 양식 [1] ·········094

3.1.2. マイナス的思考様式 [2] ▐ 마이너스적 사고 양식 [2] ·········100

3.1.3. マイナス的思考様式 [3] ▐ 마이너스적 사고 양식 [3] ·········104

3.1.4. マイナス的思考様式 [4] ▐ 마이너스적 사고 양식 [4] ·········105

3.2. 清浄志向 ▐ 청정지향 ·······························110

3.3. 集団論理 ▐ 집단논리 ·······························115

3.4. 受け身の美しさと没主体性 ▐ 수동적인 아름다움과 몰주체성 ·······120

4.1. 「語らぬ」文化 ▍말하지 않는 문화 ……………………………126

4.2. 「わからせぬ」文化 ▍알게 하지 않는 문화 ………………………130

4.3. 「いたわる」文化 ▍위로하는 문화 ………………………………134

4.4. 「ひかえる」文化 ▍조심하는 문화 ………………………………138

4.5. 「修める」文化 ▍수양하는 문화 …………………………………141

4.6. 「ささやかな」文化 ▍자그마한 문화 ……………………………146

4.7. 「流れる」文化 ▍흘러가는 문화 …………………………………152

4.8. 「まかせる」文化 ▍맡기는 문화 …………………………………160

4.9. 「受け身」の文化 ▍수동적인 문화 ………………………………166

4.10. 「察する」文化 ▍살피고, 헤아리는 문화 ………………………172

4.11. 「世間体」の文化 ▍체면의 문화 …………………………………180

参考文献 … 185

第一章.

<ruby>言<rt>げん</rt>語<rt>ご</rt>文<rt>ぶん</rt>化<rt>か</rt>学<rt>がく</rt></ruby>
言語文化学

언어문화학

1.1.1. サピア・ウォーフ仮説

　まず、「文化」というと、「より洗練されたもの」という意味で使われることがある。また130年以上も前に書かれたイギリスの人類学者タイラー(Edward Tylor)の「一般文化」の古典的な定義を見てみよう。タイラーは文化または文明とは、民族史学的な意味では、知識、信仰、芸術、道徳、法律、習慣、その他社会の構成員としての人間によって習得されたすべての能力や習慣の複合総体であると定義している。

　フェラーロ(Gary Ferraro)は、主としてタイラーやアメリカの人類学者クラックホーン(Clyde Kluckhohn)などの文化人類学者の定義を踏まえて、文化を人々が社会の構成員として所有し、思考し、そして行動するすべてのことであると定義している。

　文化の定義をコミュニケーションのモデルと結び付けて考えるとどうなるだろう。これによると文化はコミュニケーションに

よってそのシンボルが構築及び再構築されるということである。とくに文化とコミュニケーションには密接な関係があるとしてとられているのが、相互作用論的視点であろう。アメリカの文化人類学者であるホールの「文化はコミュニケーションであり、コミュニケーションは文化である」という言葉は有名である。

　文化という単語を何度も用いたが、何の定義もしなかったので、ここで文化の特質について意見を述べることにより文化を定義することにする。文化はどのようなものであろうか。井筒俊彦(1985)によれば、「ある人間共同体の成員が共有する、行動・感情・認識・思考の基本的パターンの有機的なシステムである」(p.51)。

　また、西江雅之(1989)は次のような定義をしている。"文化"とは、『ある時代のある土地に生きる人間集団を見たときに得られる、外から観察可能なその人々の行動のあり方と、外から観察不可能な行動(考え方など)のあり方の両方が持つ強い傾向なり規則性を言う。またその人々の生き方は個個人が生まれたときには既に待ち受けているものであり、人々は成長の過程でそれを身につけていく。しかし、それでも個々の人の生き方は千差万別であるとも言える。あるものはその土地の人々から見たら共通した生き方の中心部で生活し、あるものは多くの人々と

はやや違った生き方を周辺部でしているからである。しかし、いずれの地点に生きようとも、人々の生き方は、その保守性がゆえに、またはその変革思考の強さのゆえに、または他の生き方をする人々との接触がゆえに、または個人的な欲求がゆえに、時間の流れの中で刻々と変化を遂げていくものである…』ということもできるだろう。(p.224)

そして、ホール(1989 p.27)によれば、文化は細かい点では色々異なっているが、生得的はものではなく、学習されたものであること、また、文化の種々の面は、互いに関係し合っていること、そして文化は一つの集団に共通しており、その結果、異なる諸集団を区別していることの三つの特徴を持つ。

上記の西江の「外から観察可能なその人々の行動のあり方が持つ強い傾向なり規則性」は、別の言葉で言えば、「目に見えるもの」、「外から観察不可能な行動(考え方など)のあり方の強い傾向なり規則性」は、「目に見えないもの」と言ってもいいだろうが、この二つを、ある社会に生まれ育った人は身につけ、それはあたかも皮膚のようになっている。我々は、決して裸にはなれず、文化という皮膚をまとい生きていくのである。このような文化のおかげで人間は周りから身を守る事ができるのである。そして西江雅之の言うように、「いくら脱いでも脱ぎきれない程に社会を着

込んでしまっている私たちは所詮文化身体をさらす以外に手はないのである」。文化により、次のような影響を受ける。

「一つの共同体に属する人々の一人一人の欲望、価値観、行動の動機づけ、ものの見方、感じ方、その共同体の文化は強力に縛る。この意味での文化は、すなわち、文化基準なのであって、その資格においてそれは共同体の成員の生活様式、実存形態を根本的に規定する。」(井筒俊彦 1958)

つまり、我々の皮膚となった文化により、ものの見方が規定されてしまうのであり、文化が異なると異なるものを見ていることになることという相対主義的な考えが成り立つのである。文化があることにより、人間は、自然の荒々しさから身を守ってきたのであり、文化がなくては生きてこられなかったであろう。

言語が文化によっていかに多様化するかについて議論する際に、いろいろな領域で引き合いに出されるもののなかにサピア・ウォーフ仮説(Sapir・Whorf Hypothesis)がある。この仮説は、言語はその言語を話す人の思考に影響を与えるというものであり、ウォーフが1930年代に独学で学んだアメリカ先住民族の言語の観察によるところが大きい。

サピア・ウォーフ仮説の解釈をめぐって、研究者たちの間で言語決定説(linguistic determinism)と言語相対説(linguistic relativity)

の<ruby>二<rt>ふた</rt></ruby>つに<ruby>分<rt>わ</rt></ruby>けられた。<ruby>言語決定説<rt>げんごけっていせつ</rt></ruby>は、<ruby>言語<rt>げんご</rt></ruby>がその<ruby>言語<rt>げんご</rt></ruby>を<ruby>話<rt>はな</rt></ruby>す<ruby>人<rt>ひと</rt></ruby>の<ruby>思考<rt>しこう</rt></ruby>を<ruby>決定<rt>けってい</rt></ruby>するというものである。これに<ruby>対<rt>たい</rt></ruby>して<ruby>言語相対説<rt>げんごそうたいせつ</rt></ruby>は、<ruby>言語<rt>げんご</rt></ruby>はその<ruby>言語<rt>げんご</rt></ruby>を<ruby>話<rt>はな</rt></ruby>す<ruby>人<rt>ひと</rt></ruby>の<ruby>思考<rt>しこう</rt></ruby>に<ruby>影響<rt>えいきょう</rt></ruby>をあたえるというものである。

　<ruby>実際<rt>じっさい</rt></ruby>、サピア・ウォーフ<ruby>仮説<rt>かせつ</rt></ruby>は、<ruby>文化相対主義<rt>ぶんかそうたいしゅぎ</rt></ruby>の<ruby>基盤<rt>きばん</rt></ruby>となると<ruby>考<rt>かんが</rt></ruby>えられている。

해석

1.1.1. 사피어워프 가설

　우선 '문화'라고 하면 '보다 세련된 것'이라는 의미로 쓰이는 경우가 있다. 또 130년 이상이나 전에 쓰여진 영국의 인류학자 타일러(Edward Tylor)의 「일반문화」에서 말하는 고전적인 정의를 보도록 하자. 타일러는 문화 또는 문명이란 민족사학적인 의미로는 지식, 신앙, 예술, 도덕, 법률, 습관, 그 밖에 사회의 구성원으로서의 인간에 의해 습득된 모든 능력이나 습관의 복합총체라고 정의하고 있다.

　페라로(Gary Ferraro)는 주로 타일러나 미국 인류학자 클럭혼(Clyde Kluckhohn) 등의 문화인류학자의 정의에 입각하여 문화를 "사람들이 사회 구성원으로서 소유하고, 사고(思考)하고, 그리고 행동하는 모든 것"이라고 정의하고 있다.

　문화의 정의를 커뮤니케이션 모델과 연결지어 생각해 본다면 어떨까. 이에 의하면 문화는 커뮤니케이션에 의해 그 심벌이 구축 및 재구축되는 것이라고 할 수 있다. 특히 문화와 커뮤니케이션 사이에는 밀접한 관계가 있다고 주장하는 것이 상호작용론적 시점일 것이다. 미국의 문화인류학자인 홀의 "문화는 커뮤니케이션이고, 커뮤니케이션은 문화이다"라는 말은 유명하다.

　문화라는 단어를 몇 번이나 사용했지만 아무런 정의도 내리지 않았으므로, 여기서 문화의 특질에 대해 의견을 서술하여 문화를 정의하도록 하겠다. 문화는 어떤 것일까? 이즈쓰 도시히코(井筒俊彦, 1985)에 의하면 "어느 인간 공동체의 구성원이 공유하는 행동·감정·인식·사고의 기본적 패턴의 유기적인 시스템이다."

　또한, 니시에 마사유키(西江雅之, 1989)는 다음과 같은 정의를 하고 있다. 문화란 "어느 시대의 어느 지역에 사는 인간집단을 봤을 때에 얻어지는 외부에서 관찰 가능한 그 사람들의 행동 양식과, 외부에서 관찰 불가능한 행동양식(사고방식 등) 양쪽이 가지는 강한 경향이든지 규칙성을 말한다. 또한 그 사람들의 삶의 방식은 개개인이 태어날 때에 이미 예정되어 있는 것으로써, 사람들은 성장 과정에서 그것을 배워간다. 하지만, 그렇다 해도 개개인의 삶의 방식은 천차만별이라고 할 수 있다. 어느 사람은 그 지역 사람들로부터 보면 공통적인 삶의 방식의 중심부에서 살아가고, 어느 사람은 다수의 사람들과는 조금 다른 삶의 방식을 주변부에서 하고 있기 때문이다. 하지만 어느 지점에 살건 간에 사람들의 삶의 방식은 그 보수성 때문에, 혹은 변혁사고가 강하기 때문에, 혹은 다른 삶의 방식을 가진 사람들과의 접촉 때문에, 혹은 개인적인 욕구 때문에 시간의 흐름 속에서 시시각각 변화해가는 것이다……."라고도 말할 수 있다.

그리고 홀(1989)에 의하면 문화는 세세한 점에서는 각각 다르지만 생득적인 것이 아니라 학습된 것이라는 것, 또 문화의 여러 면은 서로 관계가 있다는 것, 그리고 문화는 한 집단에 공통된 것이므로 그 결과 다른 모든 집단과 구별된다는 세 가지 특징을 갖고 있다.

　상기의 니시에의 '밖에서 관찰할 수 있는 사람들의 행동방식이 가지는 강한 경향이든 규칙성'은 다른 말로 하면 '눈으로 볼 수 있는 것', '밖에서는 관찰할 수 없는 행동(사고방식 등) 방식의 강한 경향 혹은 규칙성'은 '눈에 보이지 않는 것'이라고 해도 무관하겠지만, 이 두 가지를 어느 사회에서 태어나 자란 사람은 체득하여, 그것은 마치 피부처럼 되어 있다. 우리는 결코 알몸이 되지는 못하고, 문화라는 피부를 두르고 살아가는 것이다. 이러한 문화 덕분에 인간은 주변으로부터 몸을 지킬 수 있게 된다. 그리고 니시에 마사유키의 말처럼 '아무리 벗어도 완전히 벗지 못할 정도로 사회를 입고 있는 우리는 결국 문화신체를 드러내는 이외에 방법은 없는 것이다.' 문화로 인해 다음과 같은 영향을 받는다.

　'하나의 공동체에 속한 사람들 개개인의 욕망, 가치관, 행동의 동기부여, 사물을 보는 방식, 느끼는 방식, 그 공동체의 문화는 강력하게 옭아맨다. 즉, 이러한 의미에서 문화는 문화 기준인 것이며, 그 자격에 있어서 그것은 공동체 구성원의 생활양식, 실존형태를 근본으로 규정한다.'(이즈쓰 도시히코, 1958)

　즉, 우리들의 피부가 되어 있는 문화로 인해 사물을 보는 방식이 규정되는 것이며, 문화가 다르면 다른 사물을 보고 있는 것이라는 상대주의적 사고가 성립한다. 문화가 있어 인간은 자연의 황폐함으로부터 몸을 지켜올 수 있었으며, 문화가 없이는 살아올 수 없었을 것이다.

언어가 문화로 인해 얼마나 다양화 되는가에 대해 논의할 때, 다양한 영역에서 인용되는 것 중에 사피어-워프 가설이 있다. 이 가설은 언어는 그 언어를 말하는 사람의 사고에 영향을 주는 것이며, 워프가 1930년대에 독학으로 배운 미국 선주민족의 언어 관찰에 기인한 것이 크다. 사피어-워프 가설의 해석을 둘러싸고, 연구자들은 언어결정설과 언어상대설의 두 부류로 나눠졌다. 언어결정설은 언어가 그 언어를 말하는 사람의 사고를 결정한다는 것이다. 이에 대해서 언어상대설은 언어는 그 언어를 말하는 사람의 사고에 영향을 준다는 것이다.

실제로 사피어-워프 가설은 문화상대주의의 기반으로 여기고 있다.

✎ 新しい言葉

❏ 洗練された	세련된
❏ 複合総体	복합 총체
❏ 構築	구축
❏ 千差万別	천차만별
❏ 待ち受ける	(오기를) 기다리다
❏ 生得的	생득적(=천성적)
❏ 種々	여러 가지

1.1.2. 言語と文化の密接さ

　日本語の特色のなかで、日本文化の影響と思われるものに限って述べる。これは、人間の個性にたとえたら、環境による個性のようなものである。この場合影響を受ける言語の部面は、主として語彙の面で、ついで文法の面である。

　このように言語と文化の関係は密接であると考えられている。それでは、語彙および統語というレベルで見てみよう。

　まず、「語彙」という観点に立ってみると、「ある言語に、ある特定の物や行動に関して他の言語よりも豊富な語彙があった場合に、その物や行動はその文化にとって重要な役割を果たす」と考えてよいだろうし、「ある物や行動が特定の文化にとって重要な役割を果たすので、そのことに関する語彙が多種ある」と考えてよさそうである。「1階」という場所をあらわす表現は混乱を招きやすい。英語では、日本で言う「1階」が"the ground floor"であり、"the 1st floor"は日本で言う「2階」である。また、米語で言うと物を収集するというニュアンスが強い"collect"は英語では人を迎えに行くときによく使われる。人を迎えに行くのに、"pick up"という表現に慣れている人が"I am going to collect my son around 3 o'clock."(息子を3時に迎えに行くつもりだ)という言葉を聞く

と、違和感があるかもしれない。

　次に、「文法・統語論」という観点でも、文化の特徴は文法や統語にも影響を与えると言える。例えば、英語の文がSVOの構造で、誰が行為をするかに焦点が置かれているのに対して、日本語では自分(I)が主体になっている場合に、「わたしは」と口に出して言わず省くことが多い。「寂しい」といったら主語が一人称で、「寂しがる」というと、二人称や三人称であることは、述部を見ればわかるので、おのずと文脈から解釈できるし、解釈ができることを前提している。このように、日本語では自分が主体である時は、自分のことを口に出して言わない。言わなくても文脈から判断してわかるからである。またそれと同時に、「私は」と自分を前面に出すことをよしとしない文化的な背景もあるからである。

1.1.2. 언어와 문화의 밀접함

　일본어의 특색 가운데 일본 문화의 영향이라고 여겨지는 것에 한하여 기술한다. 이것은 인간의 개성에 비유하면 환경에 의한 개성 같은 것이다. 이 경우 영향을 받는 언어의 부분은 주로 어휘로, 그리고 문법적인 면이다.

이렇듯 언어와 문화의 관계는 밀접하다고 여겨지고 있다. 그러면 어휘 및 통어 레벨에서 살펴보자.

먼저, '어휘'라는 관점에서 살펴보면, '어느 언어에 어떤 특정 사물이나 행동에 관해 다른 언어보다 풍부한 어휘가 존재하는 경우에, 그 사물이나 행동은 그 문화에 있어서 중요한 역할을 한다.'고 생각할 수 있을 것이고, '어떤 사물이나 행동이 특정 문화에 있어서 중요한 역할을 하기에, 그에 관한 어휘가 여러 종류 있다.'고 생각할 수도 있을 것이다. '1층'이라는 장소를 가리키는 표현은 혼란을 초래하기 쉽다. 영어에서는 일본에서 말하는 1층이 'the ground floor'이고, 'the 1st floor'는 일본에서 말하는 '2층'이다. 또한, 일본식 영어로 말하면 사물을 수집한다는 뉘앙스가 강한 'collect'는 영어에서는 사람을 데리러 갈 때 자주 사용된다. 사람을 데리러 가는 것에 대해 'pick up'이라는 표현이 익숙한 사람이 'I am going to collect my son around 3 o'clock.'(아들을 3시에 데리러 갈 생각이다)라는 말을 들으면 위화감을 느낄지도 모른다.

다음으로는 '문법 통어론'이라고 하는 관점에서도 문화의 특징은 문법이나 통어에도 영향을 준다고 말할 수 있다. 예를 들어 영어의 문장이 SVO의 구조로 누가 행위를 하는가에 초점을 두는 것에 비해, 일본어에서는 자신(I)이 주체가 되는 경우에 '나는(わたしは)'이라고 소리를 내서 말하지 않고 생략하는 경우가 많다. '외롭다(寂しい)'라고 말하면 주어가 일인칭이고 '외로워하다(寂しがる)'라고 하면 이인칭이나 삼인칭인 것은 술부를 보면 알 수 있기 때문에 자연스럽게 문맥에서 해석할 수 있고, 해석할 수 있다는 것을 전제로 한다. 이와 같이, 일본어에서는 자기 자신이 주체일 때에는 자기자신을 입 밖에 내서 말하지 않는다. 말하지 않아도 문맥에서 판단하여 알 수 있기 때문이다. 또 그와 동시에 '나는(わたしは)'이라고 자신을 전면으로 내는 것을 좋아하지 않는 문화적인 배경도 있기 때문이다.

✏ 新しい言葉

□ 規則性	규칙성	□ 荒々しい	난폭하다, 심하다
□ 所詮	결국, 어차피	□ 領域	영역
□ 縛る	묶다, 얽매다	□ 基盤	기반
□ 特徴	특징	□ 統語	통어

1.1.3. 比較研究と等価性

　言語と文化の狭間で重要な役割を果たしているのが、翻訳者あるいは通訳者である。Aの言語テキストをBの言語テキストに翻訳したり通訳したりするのは、単にAやBの言語を習得しているだけではできない。AのテキストとBのテキストの間に可能な限り等価性を求めていくことが翻訳、通訳である。

　等価性には五つの種類がある。まず一つ目は、語彙の等価性である。語彙の等価性とはAの言語テキストの特定の語彙がBの

言語テキストに翻訳及び通訳するのに語彙がない場合もある。例えば、「わび」「さび」などの語彙を英語にするのは難しい。

　二つ目は、慣用表現の等価性である。例えば、「暖簾に腕押し」や「寿司詰め」という表現は暖簾や寿司というのが日本文化に限られているから他の言語には訳しがたい。

　三つ目は、文法的等価性である。例えば、日本語には英語の「現在完了形」がないので、英語の現在完了の文を日本語には翻訳するのは難しい。

　四つ目は、経験的、文化的等価性である。例えば、同時通訳の場で「林間学校」という言葉が出てきて、"Lincoln school"と訳したという話を聞いたことがある。五つ目は概念の等価性である。言葉は存在しても、発想が違うために、意味が通じないことなどである。

　このように、ここで挙げた五つの種類の等価性を同時に達成するのはかなり難しいことである。

　ある文化固有の枠組みを使って事象を描写すること、あるいは特定の文化の枠組みに依存して事象を見るのをイーミック(emic)と言い、固有の文化の枠組みを使わないで、個々の文化の事象をある程度「普遍的な」基準で比べて分析すること、あるいは特定の文化の枠組みに依存しないで事象を見るのをエティック

(etic)と呼ぶ。例えば、みかんはオレンジではない。種類からすれば、オレンジはカリフォルニアやバレンシアなどでとれる。

　そして最近では、日本の恩州みかんや薩摩みかんなどは、"Unshu"とかあるいは"Satuma"と呼ばれて欧米のスーパーマーケットで売られている。これは、エティックの見方である。一方、オレンジがカリフォルニアやバレンシアという文化の中で果たす機能と、それと同等の日本での機能を考えると、みかんという言葉にしたほうがしっくりくるわけである。これがイーミックの視点である。これまで見てきたイーミック及びエティックは、翻訳・通訳の場面だけでなく、研究を行うにあたっても十分考慮しなくてはならない。

　例えば、「甘え」という概念がある。「こどもが親に甘える」など乳児や幼児と親の関係にはじまって、「上司に甘える」「ここはひとつお言葉に甘える」など、成人になっても「甘える」が日本社会には見られる。

　もちろん、「上司に甘える」というときの「甘える」は「子供が親に甘える」ときの「甘える」と同じ意味ではないが、「上司の好意を受け入れる」という表現では、何か物足りない感じがしないだろうか。やはり「上司の好意に甘える」というとしっくりくる。

　この「甘え」を、英語で"dependence"という言葉に置き換え、ア

メリカ人と日本人がどれくらい「依存」するかという尺度で比較調査をするというのはエティックの視点である。

　このような比較研究の場合は、研究テーマの核となる「甘え」という抽象概念や、調査の質問項目がAの文化とB、C、Dの文化において等価性があるかどうかが重要になってくる。

　そしてその等価性を高めるために、バック・トランスレーション法を使うことが多い。日本語の質問項目を、英語に翻訳したものを、バイリンガルの第三者に日本語に翻訳し直してもらうという方法である。

　これに対し、"dependence"を日本の文化的な枠組みを考えると、「甘え」という言葉がしっくりくるが、この「甘え」という概念や行為の日本社会の中で意味や機能は、必ずしも相手に依存する度合いというようなことで単純に測れないとするのが、イーミックの視点である。

　イーミックの視点に立つと、日本社会に見られる「甘え」は、相手に対して頼るだけではなく、信頼することでもある。そして上司に甘えたことによって、温情を受け、特別の処遇を与えられることもありうる。

　そうなると、日本の「甘え」は英語で言う"dependence"だけでは包含できないので、純粋なイーミックの視点では比較研究を行う

のは難しい。

1.1.3. 비교 연구와 등가성

언어와 문화의 사이에서 중요한 역할을 하고 있는 것이 번역자 또는 통역자이다. A의 언어 텍스트를 B의 언어 텍스트로 번역하거나 통역하는 것은 단순히 A나 B의 언어를 습득하는 것만으로는 할 수 없다. A의 텍스트와 B의 텍스트 사이에 가능한 한 등가성을 구해 가는 것이 번역, 통역이다.

등가성에는 다섯 종류가 있다. 먼저 첫 번째는 어휘의 등가성이다. 어휘의 등가성이란 A의 언어 텍스트의 특정 어휘가 B의 언어 텍스트로 번역, 또는 통역하는 데에 어휘가 없는 경우도 있다. 예를 들어 '와비', '사비' 등의 어휘를 영어로 하기는 어렵다.

두 번째는 관용표현의 등가성이다. 예를 들어 '노렌니우데오시(暖簾に腕押し: 아무런 반응이 없다)'나 '스시즈메(寿司詰め: 사람들이 꽉 차있음)'라는 표현은 노렌(옥호 등을 써서 상점의 처마끝, 출입구에 드리운 천)이나 초밥이 일본 문화에 한정되어 있기 때문에 다른 언어로 번역하기 어렵다.

세 번째는 문법적 등가성이다. 예를 들어 일본어에는 영어의 '현재완료형'이 없으므로 영어의 현재완료의 문장을 일본어로는 번역하기 어렵다.

네 번째는 경험적, 문화적 등가성이다. 예를 들어 동시통역을 하는 장면에서 '린간각고(林間学校: 숲 속 학교)'라는 단어가 나와서 "Lincoln school"이라고 번역했다는 이야기를 들은 적이 있다. 다섯 번째는 개념의 등가성이다. 말은 존재하여도 발상이 다르기 때문에 의미가 통하지 않는 것 등이다. 이와 같이 여기에 제시한 다섯 가지 종류의 등가성을 동시에 달성하는 것은 꽤 어려운 일이다.

어느 문화 고유의 틀을 사용하여 사물의 현상을 묘사하는 것, 또는 특정 문화의 틀에 의존하여 사물의 현상을 보는 것을 이미크라고 하고, 고유의 문화적 틀을 사용하지 않고 개개의 문화의 현상을 어느 정도 '보편적인' 기준으로 비교하여 분석하는 것, 또는 특정의 문화적 틀에 의존하지 않고 사물의 현상을 보는 것을 에틱이라고 부른다. 예를 들어 귤은 오렌지가 아니다. 종류로 말하면 오렌지는 캘리포니아나 발렌시아에서 수확된다.

그리고 최근에는 일본의 운슈귤이나 사쓰마귤 등은 'Unshu'나 또는 'Satsuma'라고 불리며 서구의 슈퍼마켓에서 팔리고 있다. 이것은 에틱의 관점이다. 한편 오렌지가 캘리포니아나 발렌시아라는 문화 속에서 이뤄낸 기능과 그것과 동등한 일본에서의 기능을 생각해 보면, 귤이라는 말로 하는 쪽이 알맞다. 이것이 이미크의 시점이다. 지금까지 보아온 이미크 또는 에틱은 번역, 통역의 장면뿐만 아니라 연구를 행하는 데에 있어서도 충분히 고려하지 않으면 안 된다.

예를 들어 '아마에(甘え)'라는 개념이 있다. '아이가 부모에게 어리 광부리다' 등 갓난아이나 유아와 부모의 관계에서 비롯하여 '상사에게 어리광을 부리다', '아무쪼록 말씀대로 하겠습니다' 등 성인이 되어서도 '아마에루(甘える)'가 일본 사회에서는 보인다.

물론 '상사에게 응석부리다'의 '응석부리다'는 '아이가 부모에게 응석부리다'의 '응석부리다'와 같은 의미는 아니지만, '상사의 호의를 받아들이다'는 표현에서는 무언가 부족한 느낌이 들지 않을까. 역시 '상사의 호의에 응석부리다'라고 하면 느낌이 딱 맞는다. 이 '아마에(응석부림)'를 영어로 '디펜던스(dependence: 의존)'이라는 말로 옮기고, 미국인과 일본인이 어느 정도 '의존'하는가라는 척도에서 비교 조사를 한 것은 에틱의 시점이다.

이 같은 비교 연구의 경우는 연구테마의 핵심이 되는 '아마에(응석부림)'라는 추상개념이나 조사의 질문항목이 A의 문화와 B, C, D의 문화에 있어서 등가성이 있는지 없는지가 중요하게 된다.

그리고 그 등가성을 높이기 위해서 백 트랜스레이션(back · translation: 되돌아가는 번역)법을 사용하는 경우가 많다. 일본어의 질문항목을 영어로 번역한 것을 바이링걸(2개 국어를 자유자재로 하는 사람)인 제삼자에게 일본어로 다시 번역하게 하는 방법이다.

이것에 비해, '디펜던스(dependence, 의존)'는 일본의 문화적인 틀에서 생각하면 '아마에(응석부림)'라는 말의 느낌이 오지만, 이 '아마에(응석부림)'라는 개념이나 행위에 대한 일본 사회 안의 의미나 기능은 반드시 상대에게 의존하는 정도라는 것으로 단순하게 측정할 수 없다는 것이 이미크의 시점이다.

이미크의 시점에서 일본 사회에 보이는 '아마에(응석부림)'는 상대에 대해 의지할 수 있을 뿐만 아니라 신뢰하는 것이기도 하다. 그리고 상사에 응석부려 온정을 받고 특별한 처우를 받는 일도 있을 수 있다.

그렇게 되면, 일본의 '아마에(응석부림)'는 영어에서 말하는 '디펜던스(dependence: 의존)'만으로는 포함할 수 없으므로 순수한 이미 크의 시점에서는 비교 연구를 행하는 것은 어렵다.

✎ 新しい言葉

□ 等価性	등가성
□ 狭間	틈
□ 暖簾に腕押し	아무런 반응이 없다
□ 寿司詰め	사람들이 꽉 차있음
□ しっくり	딱 들어맞는 모양

1.2.1. 言葉と文化

　日本語の特色の中で、日本文化の影響と思われるものに限ってのべる。

　文化とは何かとは簡単に言えないが、ここでは、自然的環境に対する順応のし方、社会構造、それから導かれる生活の規範、ものの見方、などを考えておく。

　ことばが果たす機能は伝達であるといわれることがあるが、これはことばが果たす機能のひとつでしかない。ことばが果たす機能には、少なくとも大きく四つの機能がある。

　（ⅰ）意志伝達の手段
　（ⅱ）思考を支える手段
　（ⅲ）自己の感情の表現手段
　（ⅳ）遊びの手段

ことば遊びを支えることばと意味との切り離しは、実に、ことばがもつ意志伝達の手段という機能からすれば、あってはならないことばの致命的な欠陥である。

　しかし、この伝達面からみた致命的な欠陥が存在することがなかったら、誤解が生ずる余地がゼロとなる代わりに、ことばは決して遊ばず、人がことばで遊ぶことはかなわなかったであろう。

　漢字の世界の現象をみることにする。例えば、奈良時代の末に成立した万葉集の中に、「山上復有山」と書いていて「出」と読ませる歌がある。「出」を本来ならば分ける余地のないところで、上下に「山」と「山」とに分け、「山上復有山」(山の上にまた山あり)と書き「出」と連想させている。

　これは、漢字の異分析といってよい現象である。恋の旧字体の「戀」を「戀という字を分析すれば、糸し糸しと言う心」と唄う都々逸、「窓」を「うかんむりにハム心」と覚えたりする漢字記憶法なども漢字の異分析のひとつである。

　九十九は、百にもう少しで「つく」ことから、「つくも」と読ませる。喜寿は、喜びを略字体では「㐂」と七を三つ書くことから、それを「七十七」と異分析し、七十七才の長寿を祝うことを表す。米寿は、米を「八十八」と異分析し、八十八歳の長寿を祝うことを表す。白寿は、百に「一」足りない白という字を用いて九

十九歳の長寿を祝うことを表す。これらのことば遊びは、いずれも、異分析に基づいている。

1.2.1. 언어와 문화

일본어의 특색 중에서 일본 문화의 영향이라고 생각되는 것에 한해 서술하겠다.

문화란 무엇인지 간단하게 말할 수 없지만, 여기에서는 자연 환경에 순응하는 방법, 사회 구조 및 그것에서 도출되는 생활 규범, 견해 등을 생각해 보겠다.

말이 이행하는 기능은 전달이라고 일컬어지는 경우가 있지만, 이 것은 말의 기능의 하나에 불과하다. 말이 이행하는 기능에는 크게 네 가지가 있다.

（ⅰ）의사전달 수단
（ⅱ）사고를 지탱하는 수단
（ⅲ）자기감정의 표현 수단
（ⅳ）놀이(유희) 수단

말놀이의 수단에서 말과 의미의 분리는 말이 가진 의사전달 수단이라는 기능에서 본다면 있어서는 안 되는 말의 치명적인 결함이다.

그러나 치명적인 결함이 존재하는 일이 없다면 오해가 생길 여지가 제로인 대신에 말은 결코 유희하지 않고, 사람이 말로 유희하는 일은 이뤄질 수 없었을 것이다.

한자 세계의 현상을 보기로 한다. 예를 들어, 나라(奈良)시대 말기에 성립한 만요슈(万葉集)에 '산 위에 또 산이 있다(山上腹有山)'고 쓰고 '출(出いづ)'이라고 읽히는 노래가 있다. '출(出いづ)'은 본래라면 나눌 여지가 없는데 상하로 '산(山)'과 '산(山)'으로 나누어 '산 위에 또 산이 있다'고 쓰고 '출(出いづ)'을 연상시키고 있다.

이것은, 한자의 이분석이라고 해도 좋은 현상이다. 사랑 연(恋)의 구체(舊體)인 연(戀)이라는 글자를 분석해보면, 糸し糸しと言う心(사랑스럽고 사랑스럽다고 말하는 마음)을 노래한 속요의 하나, 창(窓)을 한자부수 중 하나인 갓머리 (宀)에 ハム 心이라고 기억하거나 하는 한자기억법 등도 한자의 이분석의 한가지이다.

구십구는 백(모)에 조금만 더하면 도달하는 것에서 쓰쿠모('모', 즉 백에 도착하는 의미)라고 불려진다. 희수는 기쁠 희(喜)를 약자체에선 「㐂」로 일곱을 세 번 적는 것에서, 그것을 칠십칠이라고 이분석해서 칠십 칠세의 장수를 축하하는 것을 나타낸다. 미수는 쌀을 팔십팔로 이분석해서 팔십 팔세의 장수를 축하하는 것을 나타낸다. 백수는 일백 백(百)에 일(一)이 모자라는 백(白)이라는 글자를 사용해서 구십 구세의 장수를 축하하는 것을 나타낸다. 이런 말 유희는 모두 이분석에 기인하고 있다.

新しい言葉

☐ 受け入れる	받아들이다	☐ 致命的	치명적
☐ 物足りない	부족하다	☐ 欠陥	결함
☐ 置き換える	옮겨놓다, 치환하다		
☐ 尺度	척도	☐ 核	핵
☐ 抽象概念	추상개념	☐ 枠組み	구조, 짜임새
☐ 度合い	정도	☐ 導く	안내하다, 이끌리다
☐ 規範	규범	☐ 果たす	달성하다, 완수하다
☐ 切り離す	떼어 놓다, 분리하다		
☐ 旧字体	구자체(1949년에 当用漢字에서 신자체로 정리되기 이전의 자체)		
☐ うかんむり	한자 부수의 하나. 갓머리(宀)		
☐ 喜寿	희수. 나이 77세(의 잔치)		
☐ 米寿	미수. 88세. 또는 그 축하		
☐ 白寿	백수. 99세. 또는 그 잔치		

1.2.2. 感情と文化

　日本人がまだそれほど親しくない人の家を訪ね、そこで「おなか、すいてませんか」など質問されることはめったにないし、またそう言われたら、誠意をもってたずねられたとしても、やはり困惑してしまう。

　たとえおなかがすいていても、本当に気心の知れた相手以外には、「おかまいなく」的な返事しかできないのが普通である。

　しかし、アメリカでは「Are you hungry ?」とは親切心の表現であり、そう聞くことで親しさを強調する。

　相手の今の状態を知って相手の望むことに一番ふさわしいもてなしをするのが、親切と考えられているからである。

　このとき遠慮して、「おかまいなく」的な返事をするのは、本心でないのなら相手の好意を無視することになり、かえって失礼である。

　ましてや、食べたくないものや飲みたくないものを「どうぞ、どうぞ」と進めるのは、迷惑を超えて押しつけがましく礼儀を欠く行為と解釈される。

　文化の違いによって人間の互いの行為が呼び起こす経験は、感情的にはかくも異なった結果をもたらす。

文化の違いを知識としていても、そこで経験する感情には簡単には解釈できないものがあり、このような感情の差はやはり文化的特殊性に起因する。そして「Are you hungry ?」と尋ねられた時感じる「あたたかさ」は、黙っていてもお茶を出してくれる「思いやり」とは異なった感情を呼び起こすのである。

そこに「もてなし」という同類の意図があったとしても、感情の質は同一ではない。ある場面がそれに付随した感情を呼び起こすのであれば、文化や習慣によって場面の理解の仕方が違うのであるから、そこで生まれる感情もまた違ってくると考えるのもしごく当然である。

해석

1.2.2. 감정과 문화

일본인은 아직 그다지 친하지 않은 사람의 집을 방문하여 거기서 "배고프지 않습니까?" 등 질문을 받는 일은 거의 없으며, 또 그렇게 질문을 받으면 성의를 가지고 물었다 하더라도 역시 곤혹스러워한다.

설령 배가 고파도 정말 속마음을 잘 아는 사이 이외에는 "신경 쓰지 마세요." 같은 대답밖에 할 수 없는 것이 보통이다.

그러나 미국에서는 "시장하세요?"란 친절한 마음의 표현이며, 그렇게 물어보는 것으로 친밀함을 강조한다.

상대의 현재의 상태를 알고 상대가 바라는 것에 제일 어울리는 대접을 하는 것이 친절이라고 생각되기 때문이다.

이때 사양하여 "괜찮습니다, 신경 쓰지 마세요." 같은 대답을 하는 것은 본심이 아니면 상대의 호의를 무시하는 것이 되어 도리어 실례다.

하물며 먹고 싶지 않은 것이나 마시고 싶지 않은 것을 "드세요, 드세요"라고 권하는 것은 폐를 넘어 강요하는 듯 하여 결례를 범하는 행위라고 해석된다. 문화의 차이에 의해 인간 상호 간 행위가 불러일으키는 경험은 감정적으로는 이토록 다른 결과를 가져온다. 문화의 차이를 인지한다고 해도 경험하는 감정에는 간단하게 해석할 수 없는 것이 있으며, 이런 감정의 차이는 역시 문화적 특수성에 기인한다.

그리고 "시장하세요?"라는 질문을 받았을 때 느껴지는 '따뜻함'은 잠자코 있어도 차를 주는 '배려'와는 다른 감정을 불러일으킨다.

거기에 '대접'이라는 동류의 의도가 있다 하더라도 감정의 질은 동일하지 않다. 어느 장면이 그에 부수된 감정을 불러일으킨다면 문화나 습관에 의해 장면 이해 방법이 다르므로 그래서 생기는 감정도 또 달라진다고 생각하는 것도 지극히 당연하다.

1.2.3. 間と文化

1.2.3.1.「建前」尊重

日本人は人の家を訪問したとき「ごめんください」、または「すみません」という。道を歩いていて、相手が間違って自分の足を踏んづけたときも、すぐに「あら、ごめんなさい」という。

自分の家のまん前を他人の荷物でふさがれ、家の中に入りにくいような場合でも、かえって腰をかがめながら、「すみません、通していただけますか。」という。主客が転倒した感じた。また食事のときはお膳を前にして「いただきます」と言いながらお箸を持つ。

食事が終わったときは「ごちそうさまでした」と言うが、スピーチなどを終えるときには、「このへんで終わらせていただきます」、また司会を務めるようなときにも「マイクを取らせていただきまして…」などというふうに、「いただきます」という言葉をよく使う。

「いただきます」という言葉は本来「…させていただく」の略語である。食事のときや道を通るとき、または何らかの行動をとったとき、その初めと終わりに実際には自分の意志で行いながらも、そのとき使う表現の中にはあたかも他人がそうしてくれたよう

に、「恵みを与えていただいて」という意味合いが含まれるのである。自己謙譲とでも言うか、あるいは自分の回りの人に対する配慮とでも言うべきか、とにかく日本人は、いつも「他人に対して感謝する」姿勢を失わないのである。このような日本人の心の持ち方は、愛郷心、愛国心に結びつく。

日本で初めてノーベル文学賞を受賞した川端康成の、受賞のときの演説のテーマは、「美しい日本の私」だった。韓国語に直訳すると「아름다운 일본의 나」になる。「私の日本」というなら日常で使われる言葉になるが、「日本の私」とはそうちょっとは言わない。日本の一部である私、日本の中に属している私、そこには日本と私との一体感が感じられる。

「あつかましい題をつけてしまいましたが、『美しい日本の私』という『の』はまことに複雑怪奇なことばでして、まあ、日本のことをしゃべれば、それはすべて自分のこと、といった意味です。」

川端の話を聞いて愛国心を悟らない人がいるだろうか。日本人は人の前で、相手に恥をかかせたりするようなことはしない。「間」を置いて無言で意志の伝達を図ろうとするか、または、相手の意志に任せたような「口ぶり」で話す。

たとえば、「夫が『きょうはヒマだから、映画にしようか、芝居にしようか』と相談したとき、日本の女なら『私は映画にしたいんだけれど…』と、自分の意向を半分は相手にあずけて、会話に余韻というものをもたせ、相手の顔を立てながら、落ちつくところに落ちつかそうとする。それを西洋の女だと『私は映画がいい』とハッキリいう。相手の気持を考慮して、というような心づかいは全くない。川端の「美しい日本の私」や「…させていただく」、最後の例文などはすべて自己謙譲の表れである。また祖国である日本を(川端氏の場合)、他人を(…させていただく)の場合、夫を介在させた間接的な自己表現でもある。

　日本の文化を「仲人文化」と言ったのか。たとえば他人の家に初めて訪問したとき、丁重に挨拶を済ませた後で、「ほんのお近づきのしるしです」と言いながら相手に渡すために、きまって贈り物の包みを持っていく。またお世話になった人に対しては、「形ばかりのものですが…」と言いながら、やはり挨拶の後で感謝の印として贈り物を差し出す。このように「言語外要素」とは、まさしくこのことを言うのである。この仲人文化の現象は、「なかだち」、「口きき」などの言葉が登場したことによく表われているが、直接交渉するのではなく、その間に「しかるべきもの」を仲介とする。

日本人はこれを「間」と呼ぶ。本来「間」は「言わず語らずに察しあう呼吸の言葉」である。すなわち全体のリズムを生かすための休息のことをいう。その時間的空間の中でお互いの緊張感を和らげながら、共通の気分を造り上げて「ことを丸く納める」のである。「間」を時間の同一線上における停止とだけ理解し、その平均値を測ろうとしたという西洋のある音韻学者の話には、気づかせられる面が多々ある。

ともかく「間」である仲人を活用するパターンは、詩を作る場合、極度の省略化、縮小化、簡素化(俳句型)を、会話の場合においては。「ぼかし」の技法の美を追求するようになる。我々はよく日本人の二重性格について論じるときに、「本音」と「建前」を取り上げる。AとBとの間で商取引が発生したとする。二人の価値観はお互いに異なる。彼らは価格を決めるに当たって「本音」の価値観で臨み、妥協を経て取引を成立させる。即ち商取引は、一般的に「建前」の世界で行われる。一般社会は利益を追求することで成立している。そしてお互いが、利益を得る妥協点を設定するようになる。従ってAとBの二人は「本音」(自分の強い欲望)を捨て、「建前」(決められた社会規範の中で)で取引を円満になす。このように「本音」とは個々人の人生における生き方や哲学、そして感性などとも深い関係を持っているため、よほ

どのことがない限り、それが変わることはない。しかし「建前」は この社会で共に生きていくために取らなければならない便宜上の 手段であるため、可変的であり、従ってその時その時の状況に よって、円満に適応していかなければならない。

　日本人はちょっとやそっとのことでは「本音」を表に出さない。 「本音」を静かに抑えながら「建前」を前面に打ち立てる。「建前」 を打ち出す時、本音では違うと思っているので、目を下に伏せ ることによって、それがふさわしくないということを表す。「… させていただく」や「日本の私」、「間」を置く彼らの日常性は、す べて「建前」の領域に入る。「本音」をほとんど表わさない。ひい ては夫婦関係や親子、兄弟の間でさえ「間(建前)」を使っている。 礼儀と秩序が「建前」の中に含まれているのを見れば、安定した 社会が維持されていることがわかる。

해석

1.2.3. 여백과 문화

1.2.3.1. 원칙 존중

　일본 사람들은 남의 집을 방문했을 때 '고멘나사이(실례합니다)' 또는 '스미마센(미안합니다)'이라고 한다. 길을 가다 상대방이 실

수로 자기 발을 밟았는데도 얼른 'あら、ごめんなさい(아, 미안합니다)'라고 한다. 자기 집 앞 골목이 남의 짐으로 막혀 집안으로 들어가기 어려운 경우라도 오히려 허리를 굽실거리며 "すみません、通らせていただきます。(미안합니다, 지나가도 괜찮을까요)"라고 한다. 주객이 전도된 느낌이다. 또 식사 때 밥상을 앞에 두고 'いただきます(잘 먹겠습니다)。'라고 말하면서 젓가락을 든다. 식사가 끝났을 때는 'ごちそうさまでした(잘 먹었습니다)'라고 하는데, 스피치 등이 끝날 때에는 'このへんで終わらせていただきます。(이 정도에서 끝내도록 하겠습니다。)' 또 사회를 맡을 때에도 'マイクを取らせていただきまして…(사회를 맡게 되어서…)' 하는 식으로 'いただきます'라는 말을 자주 쓴다.

'いただきます'라는 말은 본래 '…させて…いただく(…시켜서…받다)'의 준말이다. 식사도 통행도, 또 무언가의 행동을 취했을 때 그 처음과 마지막에 실제는 자신의 의지로 행하면서도, 그 때 사용하는 표현 중에는 마치 남이 그렇게 하도록 '은혜를 베풀어 주어서'라는 의미가 내포되어 있는 것이다. 자기겸양이라고 할까, 또는 자기 주변 사람에 대한 배려라고 할까, 아무튼 일본인은 늘 '타인에 대해 감사하는' 자세를 잃지 않는 것이다. 이와 같은 일본인들의 마음씨는 곧잘 애향심, 애국심으로 연결된다.

일본에서 처음 노벨 문학상을 수상한 가와바다 야스나리(川端康成)의 수상 연설제목은 '美しい日本の私'이다. 직역하면 '아름다운 일본의 나'가 된다. '나의 일본'이라고 하면 일상에서 사용되는 말이지만, '일본의 나'란 여간해서 쓰지 않는다. 일본의 일부분인 나, 일본 속에 속한 나, 거기에 나와 일본과의 일체감이 느껴진다.

좀 낯 뜨거운 제목을 담았습니다만 '아름다운 일본의 나'라고 할 때의 '의'는 좀 야릇한 말이어서, 말하자면 일본에 관한 것을 말해 보라고 한다면 그것은 모두가 저에 관한 것이라는 뜻입니다.

가와바타의 이야기를 듣고 애국심을 깨닫지 못하는 사람이 있을까. 일본인들은 면전에서 상대에게 무안을 주거나 하는 일은 하지 않는다. 'ま(사이)'를 두고 무언으로 의사전달을 하려고 하거나, 또는 상대의 의지에 맡기는 말투를 한다.

예를 들면, 남편이 "오늘은 한가하니까, 영화를 보러가든지 연극을 보러가든지 합시다."라고 하였을 때 일본 여자라면 "저는 영화를 보고 싶지만…" 하고 자기 의사의 반은 상대방에 맡겨, 회화의 여운을 감돌게 하여 상대방의 체면을 세워 주면서 편한 분위기 속에 결말을 찾으려 한다. 그런데 서양 여성이라면 "영화 보러 가요" 하고 딱 부러지게 의사표시를 한다. 상대방의 기분을 고려하는 마음의 보살핌이 전혀 없다. 가와바타의 '아름다운 일본의 나', 「…させていただく」나, 마지막의 예문이나 그것은 모두가 자기겸양이다. 또 조국인 일본을(가와바타의 경우), 타인을(…させていただく의 경우), 남편을 개재시킨 간접 자기표현이기도 하다.

일본 문화를 '중개/중매' 문화라고 했던가. 이를테면 남의 집을 처음 방문하는 길에 깍듯한 인사 끝에 "ほんのお近づきのしるしです (조그마한 성의 표시입니다만…)"라고 말하면서 상대에게 전하기 위해 으레 선물 꾸러미를 들고 간다. 또 신세진 사람에게는 "形ばかりのものですが…(형식뿐인 것이지만…)"라고 말하면서 역시 인사말

후에 선물을 내민다. 이와 같이 언어 외적 요소란 바로 그것이다. 이 '중개/중매' 문화는 'なかたち(중개인)', '口きき(중개인/소개인)'의 등장에 잘 나타나 있는데, 직접 교섭하는 것이 아니라 가운데에 '마땅한 것, 사람'을 중개로 한다.

일본인들은 이것을 「間」(ま)'라고 한다. 본래 '「間」(ま)'는 '말하지 않고 이야기 하지 않고 미루어 짐작하는 호흡의 말'이다. 즉 전체의 리듬을 살리기 위한 휴식인 것이다. 그 시간적 공간 속에서 상호 간의 긴장감을 누그러뜨리고 공통적 기분을 조성해서 '일을 원만하게 끝내는' 것이다. '「間」(ま)'를 시간의 동일선상의 정지로만 이해하여 그 평균치를 재려고 하였다는 서양의 어느 음운학자의 이야기는 시사 하는 바가 크다.

어쨌거나 '「間」(ま)'인 '중개인/중매인'을 활용하는 패턴은 시를 만들 때 극도의 생략화, 축소화, 간소화('하이쿠' 형)를, 회화에 있어서는 '얼버무림' 기법의 미를 추구하게 된다.

우리는 자주 일본인의 이중성격을 말할 때 본심(ほんね) 명분(たてまえ)을 들춘다. A와 B 사이에 상거래가 발생한다고 하자. 두 사람의 가치관은 서로 다르다. 두 사람은 가격을 결정하는 데 본심의 가치관으로 임하고 타협을 거쳐 거래를 성립시킨다. 즉 상거래는 일반적으로 명분의 세계에서 이루어진다. 일반 사회는 이익을 추구하는 것으로 성립되어 있다. 그리고 서로가 이익을 얻는 타협점을 설정하게 된다. 따라서 A와 B 두 사람은 본심(자기의 강한 욕망)을 버리고 명분(정해진 사회 규범 중에서)으로 거래를 원만하게 이룬다. 이와 같이 본심이란 개개인의 인생의 생활 방식이나 철학, 그리고 감성 등과 깊은 관계를 가지고 있기 때문에 여간해서 그것이 변하는 일은

없다. 그렇지만 명분은 이 사회에서 더불어 살아가기 위하여 취하지 않으면 안 되는 편의상의 수단이므로 가변적이고 따라서 그때그때의 상황에 따라서 원만하게 적응해 나가지 않으면 안 된다.

일본 사람들은 여간해서 본심을 겉으로 나타내지 않는다. 본심을 조용히 억제하면서 명분을 전면에 내세운다. 명분을 내세울 때 본심과는 다르다고 생각하므로 눈을 아래로 내려 깔면서 그것이 마땅치 않음을 표시한다. '…させていただく'나 '일본의 나', 「間」(ま)를 두는 그들의 일상성은 모두가 명분의 영역에 들어간다. 본심을 거의 드러내 보이지 않는다. 심지어는 부부 관계, 부모 자식 관계, 형제 사이에서조차 「間」(ま) '명분'을 사용하고 있다. 예의와 질서가 명분 속에 담겨 있는 것을 보면 안정된 사회가 유지되고 있음을 알 수 있다.

1.2.3.2. 七分の美

　春になれば多くの人は花見に行く。特に日本人は桜の花を見るのが好きだ。これを「花見」という。桜の花の咲き方の桜便りは、つぼみ、二分ざき、三分ざき、四分ざき、五分ざき、七分ざき、九分ざき、満開などと伝え、人びとを楽しませてくれる。
　桜の花が咲いた状態の中で、日本人が一番好きなのは七分咲きだ。一般的に七分咲きに比べて満開は、花がいっぱいに咲い

た状態なのでどことなく人を不安にさせるところがあり、あまり人に好かれない。もうちょっと人の心に余裕を与え、最大限花の開いた状態は九分咲きか七分咲きだが、九分咲きはどうも精神的なゆとりという面において七分咲きよりも劣る。かといって半分開いた状態(五分咲き)は、まだ花とは言えないのではないか。結局七分咲きが、人が安心して楽しめる最適の状態ということになる。日本の文化は全般的に見て、明白性や自己主張をそれほど好まない。

すべての物事において、徹底や完全を貴ぶ西洋文明の伝統と反対に、むしろほどほどのところで止まるところにより高い価値を認めようとするのが、日本文化の本質的な性格であろう。兼好法師の有名な「花は盛りに、月は隈なきをのみ見るのかは」や、『葉隠』の「恋の至極は忍ぶ恋と見立て候」のことから知足安分の修養や「腹八分目」のいましめにいたるまで、すべてこの日本的な特徴を示すものとしてあげられる。

「七分の美」は消極的な性格を帯びたもので、飾りのない単一性を楽しもうとする心から生じる。「七分の美」を理論的に解明しようとすると、ともすればその本質を見落とすことにもなりかねない。なぜならそれは、至極感覚的な要素を持っているからである。「能面」で例を挙げてみると、「能面」は喜びと悲しみ

が、はっきりとどちらともつかない表情を浮かべている。いわゆる中間の表現でどっしりと落ち着いた、柔らかくて暖かい感じを与えている。見る人の心の持ち方によって能面の表情は微妙に変わる。言いかえれば「美」が自己主張をするのではなく、他人が「美」を発見するように誘導するのである。100％完成した姿（美）をさらけ出し、それを誇示することによって自己主張をするのではなく、自分というものが隠れた状態、何かが欠乏した状態でそっと自分自身を覆い隠しながら、他人をして完全な状態を心の中に描かせるようにするのが、「七分の美」の本質である。そのためか日本人は、昔からずっとどんな場合でも、自分の心の内をはっきりと人にさらけ出して見せることがない。次に挙げるのは、谷崎潤一郎の「陰翳礼讃」の一節である。

　もし日本座敷を一つの墨画にたとえるならば、障子は墨色の最も淡い部分であり、床の間は最も濃い部分である。私は数寄をこらした日本座敷の床の間を見る毎に、いかに日本人が陰翳の秘密を理解し、光りと陰との使い分けに巧妙であるかに感嘆する。なぜなら、そこには此れと云う特別なしつらいがあるのではない。要するに唯清楚な木材と清楚な壁とを以て一つのくぼんだ空間を仕切り、そこへ引き入れられた光線がくぼみのあちらこちらへ朦朧たるくまを生むようにする。にもかかわらず、われわれは落し掛のう

しろや、花活けの周囲や、違い棚の下などを填めている闇を眺めて、それが何でもない蔭であることを知りながらも、そこの空気だけがシーンと沈み切っているような、永劫不変の閑寂がその暗がりを領しているような感銘を受ける。

　日本的な美のパターンを「障子」を通して入ってくるやわらかく染み込んだ光線の中から探し求め、その光線が消えてなくなる前に、光の当たっている「床の間」の薄暗い状態の中で探し求めようとする日本人は、白黒の区別を明確につけずに、それらが混在する中間点を好む。「障子」を通して入ってくる間接的な弱い光線、かなり暗い書斎の「床の間」、ろうそくの炎の中で鈍い光を発する漆器、庭に植え込まれた暗闇の茂み、暗くなるころに降ってくる雨、中の具がよく見えない味噌汁の色と、それを入れたおわんの黒みがかった赤色、きれいに磨かれてピカピカに光った銀の食器よりも、浅黒い柄と色合いが染み込んだ銀の食器のほうをより好む日本的な美のパターンは、決して強烈に光を発しないという点で、あるいは光で満ち溢れたために食卓の上に食器が上がらないという点から、言いかえれば不完全で、不十分で、不明瞭な…すなわち「七分の美」によって、自分たちの本質を決めていると思われる。いうまでもなく、美とはかなら

ずしも形の完全を指しているのではない、この不完全どころか醜いというべき形の中に、美を体現することが日本の美術家の得意の妙技の一つである。

明から暗へ、暗から明へと「揺れ動く」中で、間違いなくこれだとはっきり指摘することのできない中間にある「薄暗さ」を好む日本の美のパターンは、明らかに「七分の美」であって、白か黒か、または明か暗かというのではない中間＝中立性向である。

1.2.3.2. 칠부의 미

봄이 되면 많은 사람들은 꽃구경을 간다. 특히 사람들은 벚꽃 구경을 좋아한다. 이것을 '꽃구경(はなみ)'이라고 한다. 벚꽃이 피는 모습인 '벚꽃소식'은 꽃봉오리, 이부 개화, 삼부 개화, 사부 개화, 오부(반) 개화, 칠부 개화, 구부 개화, 만개 등으로 전하면서 사람들 마음을 즐겁게 해준다.

그런데 벚꽃이 피는 모습 중에서 일본 사람들이 제일 좋아하는 것은 칠부 상태로 개화한 경우이다. 즉 칠부 개화에 비해 만개는 꽃이 가득 핀 상태로 어딘지 모르게 사람을 불안하게 만드는 부분이 있으며, 그다지 사람들이 좋아하지 않는다. 좀 더 사람들의 마음에 여유를 주고 최대한으로 개화된 상태는 구부 개화나 칠부 개화인데, 구부 개화는 아무래도 정신적인 여유라는 면에서 칠부 개화보다 뒤떨어진다. 그렇다고 반개화 상태(五分)는 아직 꽃이라고 말할 수 없는 것은 아닐까. 결국 칠부 개화가 안심하고 즐길 수 있는 최적의 상태라는 것이 된다. 일본 문화는 전반적으로 보아서 명백성이나 자기주장을 그다지 선호하지 않는다.

모든 일에 있어서 철저하고 완전한 것을 존중하는 서양 문명의 전통과과 반대로, 오히려 적당한 선에서 멈추는 것에 보다 높은 가치를 인정하려드는 것이 일본 문화의 본질적인 성격이다. 겐코법사(兼好法師)의 유명한 "꽃은 활짝 핀 것을, 그리고 달은 둥근 달만을 볼까보냐."라든가 하가쿠레(葉隱: 에도 중기 무사의 수양서)의 "사랑의 극치는 몰래 애태우는 사랑이라고 본다"는 것에서 지족안분의 수양이나 '식사는 팔부 정도'라는 훈계에 이르기까지, 모두 일본적인 특징을 나타내는 것으로 들 수 있다.

'칠부의 미'는 소극적 성격을 띤 것으로 장식이 없는 단순성을 즐기는 마음에서 생긴다. '칠부의 미'를 이론적으로 해명하려고 하면 자칫 그 본질을 간과할 수 있다. 왜냐하면 그것은 지극히 감각적인 요소를 가지고 있기 때문이다. '노멘(能楽에 쓰는 가면)'의 예를 들어보면, '노멘'은 기쁨과 슬픔이 어느 쪽도 분명치 아니한 표정을 짓고 있다. 이른바 중간 표현으로 차분히 가라앉은, 부드럽고 포근한 느낌을 주고 있다. 보는 사람의 마음가짐에 따라서 '노멘'의 표정은 미묘하게 변한다. 바꿔 말하면 미가 자기주장을 하는 것이 아니고 남들이 미를 발견하도록 유도하고 있다. 100% 드러내 완성된 모습(미)을 과시함으로써 자기주장을 펴는 것이 아니라, 자신이라는 것이 감추어진 상태, 무언가 결핍된 상태에서 자기를 살짝 가리고 타인으로 하여금 완전한 상태를 마음속에 그리도록 하는 것이 칠부의 미의 본질이다. 그래서 그런지 자고로 일본 사람들은 예부터 어떤 경우이건 자기 마음속을 확실하게 남에게 드러내 보이지를 않는다. 다음은 다니자키 준이치로 (谷崎潤一郎)의 「음영예찬(陰翳禮讚)」의 한 구절이다.

> 만약 일본의 객실을 하나의 묵화로 비교한다면 장지문은 먹빛의 가장 연한 부분이고 '도코노마(객실 상단 바닥을 한단 높게 만들어 족자, 꽃 등을 장식하는 곳)'는 가장 진한 부분이다. 나는 풍류로 공 들인 일본의 객실의 '도코노마'를 볼 때마다 일본인이 그 얼마나 음영 의 비밀을 이해하고 빛과 그림자의 사용구분에 교묘한가에 사뭇 감 탄한다. 왜냐하면 '도코노마'에는 이렇다 할 특별한 꾸밈이 있는 것은 아니다. 요컨대 그저 청초한 목재와 청초한 벽만으로 하나의 움푹 패 인 공간을 마련하고 그곳으로 유인된 광선이 그 움패인 여기저기에 어스름한 구석을 생기도록 한다. 그럼에도 불구하고 우리들은 횡목 뒤편이나 꽃꽂이 주위나 아래위로 어긋나게 댄 선반 밑 등을 뒤덮고 있는 어스름을 바라보면서 그것이 아무것도 아닌 그림자인 것을 알 면서도 그곳의 공기만이 잠잠히 침전되어 있는 듯한 영거불변의 한 적함이 그 어두움을 영유하고 있는 듯한 감명을 받는다.

일본적인 미의 패턴을 장지문을 통하여 들어오는 부드럽게 스며들 어온 광선속에서 찾고 그 광선이 사라져 없어지기 전에 빛이 비추고 있는 '도코노마'의 어스름 속에서 찾으려고 하는 일본인은 흑백의 구별 을 명확히 짓지 않고 그것들이 혼재하는 중간점을 선호한다. 장지문을 통해 들어오는 간접적인 약한 광선, 꽤 어둑어둑한 서재의 '도코노마', 촛불의 불빛 속에서 둔탁하게 빛을 발하는 칠기(漆器), 뜰에 심겨 있는 컴컴한 나무 숲, 어두워질 무렵에 내리는 비, 속이 잘 보이지 않는

된장국의 색과 그것을 담는 국그릇의 암적색, 깨끗이 깔고 닦아서 번쩍번쩍 빛나는 은식기보다도 거무스레 때깔이 배어든 은식기를 더 좋아하는 일본적 미의 패턴은 결코 강렬하게 빛을 발하지 않는다는 점에서, 또는 빛으로 가득히 채우기 위해서 식탁 위에 식기를 올리지 않는다는 점으로부터, 바꿔 말하면 불완전하고, 불충분하고 불명료한…즉, 칠부의 미에 의해 자신의 본질을 정하고 있다고 생각된다.

말할 것도 없이 미란 반드시 형태의 완전을 의미하는 것은 아니며, 이 불완전한 것은 말할 나위도 없고 추악하다고 할 만한 형태 속에 미를 체현하는 것이 일본 미술가들의 숙달된 묘기의 하나이다.

밝음에서 어둠으로, 어둠에서 밝음으로 움직이는 가운데 틀림없이 이것이라고 확실히 지적할 수 없는 중간에 있는 '어스름'을 선호하는 일본미의 패턴은 분명 칠부의 미로, 흑인가 백인가, 또는 밝음인가 어둠인가 하는 것이 아닌 중간=중립 성향이다.

✎ **新しい言葉**

□ 数寄	(다도나 꽃꽂이 등의) 풍류를 즐김
□ 巧妙	교묘
□ 花活け	꽃꽂이, 꽃을 꽂는 그릇, 화기
□ 朦朧	몽롱, 형태 내용 의식 등이 흐릿하고 분명치 않은 모양
□ 落し掛	일본식 주택 거실이나 서원의 창 위로 건너지른 횡목
□ 領する	영유하다, 소유하다

第二章.

しぜん　にほんご
自然と日本語
자연과 일본어

季節のイメージ
계절의 이미지

2.1.

2.1.1. 四季

　日本人にとっての季節感はいったい何に象徴され、どういう日本語として実を結んでいるのだろうか。

　永六輔作歌、中村八大作曲、坂本九の歌唱、いわゆる六・八・九コンビのヒット曲〈上を向いて歩こう〉では「春の日」や「夏の日」や「秋の日」を順に思い出す。が、どれも「一人ぼっちの夜」であり、「涙がこぼれないように」「上を向いて歩こう」というのが基調となっていて、にじんだ星を数えるのが夏で、月や星のかげに悲しみを思うのが秋らしいという点以外、特に四季を描き分けているように見えない。

　てっとりばやく〈四季の歌〉を眺めることにしよう。荒木とよひさ作詞作曲のその曲では、春は「スミレの花」、夏は、「岩をくだく波」、秋は「愛を語るハイネ」、冬は「根雪をとかす大地」というイメージとともに歌われている。暮れてゆく秋が感傷的にする傾

向はある程度のひろがりをもつだろうが、物想う日本人の秋がドイツの抒情詩にイメージ化されるのは興味深い。

　もう一つ、〈見えない配達夫〉と題する茨木のり子の詩をのぞいてみよう。そこでは、たとえば、「三月　桃の花はひらき　五月　藤の花花はいっせいに乱れ　九月　葡萄は重く　十一月　青い蜜柑は熟れはじめる」。あるいは、「三月　雛のあられをきり　五月　メーデーのうた巷にながれ　九月　稲と台風とをやぶにらみ　十一月　あまたの若者があまたの娘と盃をかわす」。

　ひな祭りがあり、メーデーがあり、台風があり、それぞれに季節のニュアンスはあるが、四季のイメージの中心は開花の春、結実の秋を謳歌するところにあるように思え、翌年の秋は「あまたの赤ん坊」という期待がふくらむ。

　　　　　　　　解釈

2.1.1. 사계

　일본인에게 계절감은 무엇으로 상징되고, 어떠한 일본어로서 열매를 맺고 있는 걸까.

　에이 록스케(永六輔) 작사, 나카무라(中村八大) 작곡, 사카모토(坂本九)의 가창, 소위 6, 8, 9(각자 이름에서 6, 8, 9를 따옴) 콤비의 히트

곡 〈위를 향해 걷자〉에서는 '봄날'과 '여름날'과 '가을날'을 순서대로 회상한다. 단 어느 것이나 모두 '혼자만의 밤'이고, '눈물이 흐르지 않도록' '위를 향해 걷자'라는 것이 기조로 되어있고 가물거리는 별을 세는 것이 여름이고 달과 별의 모습에 슬픔을 생각하는 것이 가을답다는 점 이외에 특히 사계를 구별하여 그린 것처럼 보이지 않는다.

간단히 〈사계의 노래〉를 눈여겨보자. 아라키 토요히사(荒木とよひさ) 작사·작곡의 곡에서는 봄은 '제비꽃', 여름은 '바위를 부수는 파도', 가을은 '사랑을 말하는 하이네', 겨울은 '눈을 녹이는 대지'라는 이미지와 함께 불리고 있다. 저물어가는 가을이 감상적이게 하는 경향은 어느 정도 확대되고 있지만, 생각에 잠기는 일본인의 가을이 독일의 서정시로 이미지화 되는 것은 흥미 깊다.

또 한 가지 〈보이지 않는 배달부〉라는 제목의 이바라기 노리코(茨木のり子)의 시를 들여다보자. 거기에서는 예를 들면 '삼월 복숭아꽃은 피고 오월 등나무의 꽃들은 일제히 흐트러지고 구월 포도 넝쿨에 포도는 무겁고 십일월 파란 밀감은 익기 시작한다.' 혹은 '삼월 히나마쓰리의 밥풀 튀김을 썰고, 오월 메이데이의 노래는 거리에 흐르고, 구월 벼와 태풍과는 얼토당토 않고, 십일월 많은 젊은이가 많은 처녀들과 술잔을 주고 받는다.'

히나마쓰리가 있고, 메이데이가 있고, 태풍이 있고, 각각의 계절의 뉘앙스는 있지만, 사계절의 이미지의 중심은 개화의 봄, 결실의 가을을 구가하는 듯이 생각되며, 다음 해 가을은 '결실을 맺는 풍요로운 다산(多産)'이라는 기대가 부푼다.

□ てっとりばやい	손쉽다, 민첩하다
□ くだく	부수다
□ 雛_{ひな}のあられ	삼짇날 히나 인형 앞에 차려놓는 당밀을 묻힌 튀밥
□ あまた	무수히

2.1.2. 春から夏

▌ 花吹雪_{はなふぶき}・おぼろ月夜_{づきよ}・風光る_{かぜひか}・春燈_{しゅんとう}

　二月に入ってすぐ、寒さはまだまだきびしいが、暦_{こよみ}の上で立春を迎えることに、ふと気づく。もうそんな時期かと、なにげなくあたりを眺_{なが}めると、まわりの景色がどことなく春めいて見える。そんなぼんやりした形で、現代の日本人は季節の移_{うつ}ろいを、感覚というよりは気分で感じることも多_{おお}い。

　「ちぐはぐの下駄_{げた}から春は立ちにけり」と、一茶_{いっさ}は奇妙なところに春を感じとった。「ちぐはぐの下駄_{げた}」に春の到来がどう結_{むす}びつくのか、並_{なみ}の人間にはまるで見当がつかない。立春が履_はき物_{もの}とどう

いう関係にあるのか、おそらく理屈で説明することはできないだろう。

　厳しい寒さがいくぶんやわらいで、ちょっと外に出てみようかという気分になって、なにげなく土間に目をやるとき、下駄が左右ちぐはぐなことに気がついたのかもしれない。あるいは、真冬の間は外出もせず、下駄がきちんとそろえたままだったのに、だれかがちょっとつっかけたと見えて、脱いだあとが乱れているのを見かけたのかも知れない。それとも、自分で履いて出たのだろうか。左右つりあいのとれない粗末な下駄でも、やはりどことなく春のけはいが感じられる。ひょっとするとそんな意味合いかもしれない。

　春が開花の季節なら、日本の春は梅や辛夷に始まり、桜や桃でたけなわになると考えるのが自然だろう。まず、嵐雪に「梅一輪一輪ほどの暖かさ」という有名な俳句がある。これには、梅の花が一輪また一輪と開くたびにほんの少しずつ暖かさが増す、という一日ずつの気温の変化を印象として詠んだとする解釈もあるようだ。が、梅が一輪咲きだしたのを眼前見つけ、そういえば、今日はその分だけわずかに暖かく感じると、ある一瞬の実感を詠んだと解するほうが俳句の本道だろう。

■ 梅が散って間もなく桃が花開く。

　相前後して訪れる桜の季節には、花時にきまって寒くなる数日がある。まだ、暖かさの恋しい季節だから、肌寒く感じる日々はそれほど快適なものではないが、それも花に免じて「花冷え」という美しい日本語で風流に表現してきた。

　「願わくば花の下にて春死なむその如月の望月のころ」という西行の一首，花の下で死にたいというその思いは、多くの日本人の心でもあるだろう。釈迦の入滅が陰暦の二月十五日の満月のとき、西行は願いどおり、まさに「その如月の望月のころ」である二月十六日に投げしたという。

　だれでも一度口ずさんだ「春のうららの隅田川」と始まる竹島羽衣作詞、滝連太郎作曲の〈花〉も、当然、桜がテーマだ。

　桜咲くよろこびの明るい春から、はらはらと散る花を惜しむ季節へとすぐ移る。桜が散ると、「久方の光のどけき春の日にしづ心なく花の散るらむ」という紀友則の一首が脳裏によみがえる。「らむ」という推量の助動詞で何を推測していると見るかで、この歌も解釈が分れるらしい。しかし、桜の散る情景そのものを頭で思い浮かべているという解釈がただ概念的にすぎる気がする。また、桜がどんどん散ってしまう理由として、花に「しづ心」

つまり「落ち着き」がないからだろうと推測している、という解釈もすこし理屈に傾きすぎる感じがしてならない。こののどかな春の日に、桜の花だけはどうしてこう先を急ぐようにはらはらと散っているのだろうかと、実景を眺めながらふしぎな気がしている一首と鑑賞したいように思う。

　一方、雨も風もそれ自体は季節を問わない。だから、「春はすべての重たい窓に街の影をうつす。／街に雨はふりやまず、／われわれの死のやがてくるあたりも煙っている。丘のうえの共同墓地。」という北村太郎の「雨」と題する詩もある。「われわれの死のやがてくるあたり」という限定にはすごみが感じられる。また、「今はこの世にいない妻が、　まだ娘の頃その両親と住んでいた家の前の　歩道の敷石のいびつな隙間で　同じような淡い緑が同じような春先の誇っぽく荒々しい風に　ほそぼそと揺らいでいたことを」という清岡卓行の詩「さびしい春」もそうだ。春のそんな感懐を誘う雨や風も、個人的にはないわけではない。

　しかし、「春雨」や「春風」という日本語では、単に春に降る雨、春に吹く風という意味だけでなく、伝統的に春の夢に似たやわらかさが秘められているように思う。「春の水」も「春の海」も、日本人にとっては春に見るただの水や海ではないのである。

春の風に揺れる風景のまばゆさのようなものを、日本人が「風光る」と感じてきたのも、春という季節の明るさのせいだろう。

森下久弥の作詞作曲になる〈知床旅情〉は「しれとこの岬にはまなすの咲く頃」と始まる。その叙情的な調べに乗せて、初夏に咲く紅色の花を思い浮かべながら、「思い出しておくれ　俺たちのことを」と口ずさみながら身にしみる季節感もあるだろう。

陰暦の五月は夏だから、「五月雨」ということばは夏の季語になっている。「五月雨」ということばから、芭蕉の「五月雨をあつめて早し最上川」を連想する人も多い。山形県の大石田での眺望から、はじめ「涼し」という語を得たが、のちに川下りの体験を経て「早し」と改め、実景の句となったといわれる。蕪村の「五月雨や大河を前に家二軒」という句もよく知られている。現代の感覚では「さみだれ」「さつき雨」ということばには風流な感じがただようが、当時の「五月雨」は要するに今でいう「梅雨」である。そう考えると、どちらの句にも底流として危うい感じのあることがわかる。

初夏に渡来する「ほととぎす」も夏の風物詩として、古来、詩歌に詠みこまれた。蝉の抜けた殻を意味する「空蝉」も、病気や害虫にむしばまれたり、夏に赤や茶色に色づいて枯れ始めた葉をさす「病葉」も、いずれも夏の季語だが、現代人はすっかり鈍感

になってしまった。そこから夏の季節感を意識するのはごくわず
かの日本人だけだろう。

2.1.2. 봄부터 여름

▌꽃보라 · 으스름한 달밤 · 솔솔 부는 봄바람 · 춘등

2월로 들어가자마자 추위는 아직 혹독하지만 달력상으로는 입춘
을 맞이한 것을 문득 깨닫는다. 벌써 그런 시기인가 하고 무심코 주
위를 바라보면 주변의 경치가 어딘지 모르게 봄다워 보인다. 그런
어렴풋한 형태에서 현대의 일본인은 계절의 변화를 감각이란 것보
다는 기분으로 느끼는 경우도 많다.

'짝짝이 나막신에서 봄은 온다.'라고 잇사(一茶)는 기묘한 곳에서
봄을 감지했다. '짝짝이 나막신'에 봄의 도래가 어떻게 연결되는지
보통 사람은 전혀 짐작이 가지 않는다. 입춘이 신발과 어떠한 관계에
있는지 아마 이론으로 설명하는 것은 불가능할 것이다.

혹독한 추위가 어느 정도 누그러져, 잠깐 밖에 나가볼까 싶은 기분
이 들어 아무렇지 않게 토방을 보았을 때 나막신이 좌우 짝짝이인
것을 깨달았는지도 모른다. 혹은 한겨울 동안은 외출도 하지 않아
나막신이 제대로 정돈된 채로 있었는데 누군가가 잠깐 아무렇게나
신은 것처럼 보이고 벗어 놓은 자국이 흐트러져 있는 것을 보았을지

도 모른다. 아니면 스스로 신고 나간 것일까. 좌우가 균형 잡히지 않은 허술한 나막신이라도 역시 어딘지 모르게 봄기운이 느껴진다. 어쩌면 그런 의미일지도 모른다.

봄이 개화의 계절이라면, 일본의 봄은 매화와 목련으로 시작되어 벚꽃과 복숭아로 한창이 될 것이라고 생각하는 것이 자연스러울 것이다. 우선 핫토리 란세쓰(服部嵐雪: 에도 중기의 가인)의 '매화 한 송이 한 송이 정도의 따뜻함'이라는 유명한 하이쿠가 있다. 이것이 매화꽃이 한 송이 또 한 송이 필 때마다 아주 조금씩 따뜻해진다고 하는 하루하루의 기온 변화를 인상적으로 읊었다는 해석도 있다. 그러나 매화가 한 송이 피기 시작한 것을 눈앞에서 발견하고, 그러고 보니 오늘은 그 분량만큼 약간 따뜻하게 느낀다고 어느 한순간의 실감을 읊었다고 해석하는 쪽이 하이쿠의 정도(正道)일 것이다.

■ 매화가 지고 머지않아 복숭아가 꽃 핀다.

연달아 찾아오는 벚꽃의 계절에는 꽃이 필 무렵에 틀림없이 추워지는 며칠이 있다. 아직 따뜻함이 그리운 계절이기 때문에 쌀쌀하게 느끼는 날들은 그다지 쾌적한 것은 아니지만 그것도 꽃에 관대해져서 '꽃샘추위'라고 하는 아름다운 일본어로 풍류 있게 표현해 왔다.

"바라건대 꽃 아래에서 봄에 죽고 싶다 음력 2월 보름달 밝을 쯤에"라는 사이교(西行) 법사의 시가 한 수, 꽃 아래에서 죽고 싶다는 생각은 많은 일본인의 마음이기도 할 것이다. 석가의 입멸이 음력 2월 15일 만월 때 사이교(西行) 법사는 바라던 대로 틀림없이 '음력 2월 보름달 밝을 쯤'인 2월 16일에 입적하였다고 한다.

누구든지 한 번쯤은 흥얼거렸던 '화창한 봄의 스미다가와'로 시작되는 다케시마(竹島羽衣) 작사, 다키렌(滝連太郎) 작곡의 〈꽃〉도 당연히 벚꽃이 테마이다.

벚꽃이 피는 즐거운 밝은 봄부터 하늘하늘 지는 꽃을 아쉬워하는 계절로 바로 바뀐다. 벚꽃이 지면 '햇빛 유유히 화창한 봄날에 어이하여 평정심을 잃고 벚꽃은 지는 것인지요.'라는 기노토모노리(紀友則: 헤이안시대 전기의 가인)의 시가 한 수가 뇌리에 되살아난다. 「らむ」라는 추량 조동사로 무엇을 추측하고 있는지 살펴보는 것으로 이 노래의 해석이 나눠질 것 같다. 하지만 벚꽃이 지는 정경을 머리에서 생각해내고 있다는 해석은 조금 지나치게 개념적인 기분이 든다. 또 벚꽃이 잇따라 떨어져버리는 이유로서 꽃에 '평정심' 즉 '차분함'이 없기 때문이지 않을까 하고 추측하고 있는 해석도 다소 지나치게 이론적인 느낌이 들지 않을 수가 없다. 이 화창한 봄날에 어찌하여 벚꽃만은 이렇게 앞을 서두르는 듯이 하늘하늘 지고 있는 것일까 하고 실경을 바라보면서 이상한 느낌이 드는 한 수라고 감상하고 싶다.

한편, 비도 바람도 그 자체는 계절을 상관하지 않는다. 그러므로 "봄은 모든 답답한 창문에 길가의 그림자를 투영한다. / 거리에 비가 그치지 않고 / 이윽고 다가오는 우리들의 죽음의 시기도 흐릿하다. 언덕 위의 공동묘지."라는 기타무라 타로(北村太郎)의 「비」라는 시도 있다. '이윽고 다가오는 우리들의 죽음의 시기'라는 한정에는 무서움이 느껴진다. 또 "지금은 이 세상에 없는 아내가 / 아직 처녀 때 부모님과 살았던 집 앞 / 길거리 포석의 비뚤어진 틈에서 / 옅은 초록이 초봄의 먼지가 많고 황량한 바람에 / 가녀리게 흔들리고 있었던 것을"이라는 기요오카 다카유키(清岡卓行)의 시 「쓸쓸한 봄」도

그러하다. 봄의 그러한 감회를 자아내는 비나 바람도 개인적으로는 없을 리가 없다.

하지만 '하루사메(春雨)'나 '하루카제(春風)'는 일본어에는 단지 봄에 내리는 비, 봄에 부는 바람이라는 의미뿐만 아니라 전통적으로 봄날의 꿈을 닮은 부드러움이 숨겨져 있다고 생각한다. '봄의 물'과 '봄의 바다'도 일본인에게 있어서는 그저 봄에 보는 물이나 바다가 아닌 것이다. 봄바람에 흔들리는 눈부신 풍경을 일본인은 '가제히카루(風光る)'(봄볕에 살랑살랑 불어오는 바람을 비유한 말: 4월의 기후를 말함)라고 느낀 것도 봄이라는 계절이 주는 밝은 이미지에서 나온 것일 게다.

모리시타(森下久弥)가 작사·작곡한 〈시레도코(知床) 여정〉은 '시레도코(知床) 곶에 해당화가 필 무렵'으로 시작한다. 그 서정적인 가락에 맞춰 초여름에 피는 주홍색 꽃을 떠올리면서 '생각해 줘 우리들의 일을'이라고 흥얼거리면서 몸에 사무치는 계절감도 있을 것이다.

음력 5월은 여름이므로 '사미다레(五月雨: 음력 5월경의 장맛비)'라는 말은 여름을 나타내는 계절어가 되었다. '사미다레(五月雨)'라는 말에서 바쇼(芭蕉)의 "사미다레를 모아 쏜살같은 모가미(最上)강"을 연상하는 사람도 많다. 야마가타 현의 오이시다에서 바라보는 조망(眺望)에서 처음 '시원하다'라는 말을 얻지만, 나중에 배로 급류를 타고 즐기는 놀이 체험을 거쳐 '빠르다, 쏜살같다'로 바꿔 실경을 읊은 하이쿠가 되었다고 전해진다. 부손(蕪村)의 "사미다레구나 큰 강을 앞에 둔 집 두 채"라는 하이쿠도 잘 알려져 있다. 현대의 감각에서는 '사미다레(五月雨)', '사쓰키 아메(さつき雨)'라는 말에는 풍류스런 분위기가 감돌지만 당시의 '사미다레(五月雨)'는 결국 오늘날 말하는

장마이다. 그렇게 생각하면 어느 하이쿠든 저변에는 위태로운 분위기가 있는 것을 알 수 있다.

초여름에 도래하는 「두견」도 여름의 풍물시로서 예로부터 시가에서 읊어졌다. 매미의 벗은 허물을 의미하는 '우쓰세미(空蝉)'도, 병이나 해충에 좀먹거나 여름에 붉은색이나 갈색으로 물들어 시들기 시작한 잎을 가리키는 '와쿠라바(病葉)'도 모두 여름을 나타내는 계절어지만 현대인은 확실히 감각이 둔화되어 버렸다. 거기에서 여름의 계절감을 의식하는 것은 극히 소수의 일본인뿐일 것이다.

✎ 語彙・表現ボックス

❑ なにげない	아무렇지도 않다
❑ どことなく	어딘지 모르게
❑ ちぐはぐ	짝짝이
❑ たけなわ	한창; 절정
❑ 相前後する	거의 동시에 ……하다
❑ 口ずさみ	흥얼거림
❑ 五月雨 さみだれ	음력 5월경의 장맛비
❑ 川下り かわくだ	배·뗏목을 타고 강을 내려감 ; 급류를 타고 내려가는 뱃놀이

2.1.3. 夏から秋

▌ 明月（めいげつ）・赤とんぼ・秋刀魚（さんま）・夜寒（よさむ）

　夏の朝に早起（はやお）きすれば「朝顔」がいかにも夏らしい感じを演出する。「ささの葉　さらさら軒端（のきば）に揺れる」の「七夕（たなばた）」の行事もまだ消えたわけではない。現代人にとって夏らしい季節感をかきたてる。

　秋の訪（おとず）れとして、この国の人びとの心にまず浮かんでくるのは何だろう。なかでも、「秋来（き）ぬと目にはさやかに見えねども風の音にぞおどろかれぬる」という藤原敏行（ふじわらのとしゆき）の一首は広く知られる。風ひとつにも季節が映る。秋には秋の風が吹く。

　「秋刀魚（さんま）」と書くように、さんまも秋を感じさせる魚だ。佐藤春夫（さとうはるお）の詩「秋刀魚（さんま）の歌」は、「あはれ　秋かぜよ　情（こころ）あらば伝へてよ」と始まり、「男ありて今日の夕餉（ゆうげ）に　ひとりさんまを食ひて思ひにふける。と」と続く。「さんま苦（にが）いか塩っぱいか、」と、「ひとりさんまを食ひて涙（なみだ）をながす」あたり、いかにもしみじみとした生活感（せいかつかん）がにじみでている。

2.1.4. 冬

■ 木枯らし・柚子湯・風花

晩秋に吹いても「木枯らし」は冬の季語だ。「木の葉ふりやまず いそがないいそぐなよ」という俳句は、加藤楸邨が病気のときに 自分に言い聞かせた自戒の句だという。樹木の葉は春でも夏でも あるが、それが目立つのは落ち葉のときで、「木の葉」は冬の季語 となっているらしい。その木の葉散る晩秋から初冬の季節には、 人間の髪も目立って抜けて落ちる。それを「木の葉髪」とよぶそう だが、せっかく古人が残したこの風流も、残念ながら現代に通じ にくくなったようだ。

　ずばり「雪」と題する三好達治の詩は「太郎を眠らせ、太郎の 屋根に雪ふりつむ。次郎を眠らせ、次郎の屋根に雪ふりつむ」、 これだけの短い作品だ。これ以上ないほどシンプルな文構造のく りかえし。平易な日本語で雪の静けさをみごとに表現している。 すべてを包みこむ慈愛に満ちた一編だ。この包容力で普遍的な 世界を築いた。

2.1.3. 여름부터 가을

▌명월 · 고추잠자리 · 꽁치 · (늦가을) 밤에 느끼는 한기

여름 아침에 일찍 일어나면 나팔꽃이 자못 여름 같은 분위기를 연출한다. "조릿댓잎이 사각사각 처마 끝에서 흔들리다"라는 칠월 칠석의 행사도 아직 사라진 것은 아니다. 현대인에게 여름의 계절감을 불러일으킨다.

가을 소식하면 일본인의 마음에 맨 먼저 떠오르는 것은 무엇일까. 그중에서도 "가을이 왔다고 눈에는 선명하게 보이지 않아도 바람소리에 깨닫게 되다"라는 후지와라(藤原敏行)의 한 수는 널리 알려져 있다. 바람 하나에도 계절이 나타난다. 가을에는 가을의 바람이 분다.

꽁치를 '삼마(秋刀魚)'라고 쓰는 것처럼 꽁치도 가을을 느끼게 하는 생선이다. 사토 하루오(佐藤春夫)의 시 「꽁치의 노래」는 "아아 가을바람이여 마음이 있다면 전해주어요"로 시작되고 "남자가 있어 오늘 저녁밥에 혼자 꽁치를 먹다 생각에 잠긴다 고"라고 이어진다. "꽁치 쓴가? 짠가." 부분과 "혼자 꽁치를 먹고 눈물을 흘리다" 부분에서 자못 차분한 생활감이 드러나 있다.

2.1.4. 겨울

■ 늦가을부터 초겨울에 부는 찬바람 · 유자탕 · 바람에 날려 오는 눈

늦가을에 불어도 '고가라시(木枯らし)'는 겨울의 계절어다. "나뭇잎이 끊임없이 떨어지는구나 서두르지 않는다 서두르지 마라"라는 하이쿠는 가토우 슈손(加藤楸邨)이 병에 걸렸을 때 자신에게 타일렀던 자계(自戒)의 하이쿠라고 한다. 수목의 잎은 봄이나 여름에도 있지만 그것이 두드러지는 건 낙엽일 때이며, '나뭇잎'은 겨울의 계절어가 된 듯하다. 나뭇잎이 지는 늦가을에서 초겨울 계절엔 인간의 머리카락도 눈에 띄게 빠지고 떨어진다. 그것을 '고노하가미(木の葉髪)'라고 부른다고 하나, 모처럼 옛사람이 남긴 이 풍류도 유감스럽게도 현대에는 통하기 어려워진 것 같다.

딱 잘라 「눈」이라 제목 붙인 미요시 다쓰지(三好達治)의 시는 '타로를 재우고 / 타로의 지붕에 눈이 내려 쌓인다. 지로를 재우고 / 지로의 지붕에 눈이 내려 쌓인다.' 이것뿐인 짧은 작품이다. 이 이상 다시없을 정도로 심플한 문장구조의 반복, 평이한 일본어로 눈의 고요함을 훌륭하게 표현하고 있다. 모든 것을 품어 안는 자애로 가득 찬 시 한편이다. 이 포용력으로 보편적인 세계를 구축했다.

❑ 夜寒〔よざむ〕　늦가을 밤 추위

❑ 夕餉〔ゆうげ〕　저녁 식사

❑ 季語〔きご〕　하이쿠 등에서 계절감을 나타내기 위해 넣는 말

❑ 木枯らし〔こが〕　초겨울 혹은 늦가을의 찬바람

❑ 自戒〔じかい〕　스스로 일깨움, 자숙

❑ 言い聞かせる〔い〕　타이르다

❑ ずばり　선뜻 잘라내는 모양

2.1.5. 新年

■ 初空〔はつぞら〕　初音〔はつね〕　初笑い〔はつわらい〕　雑煮〔ぞうに〕

　やがて、行く年を送り、来る年を迎える。初詣で年が明けると、何もかも新しい。そんな気分だ。元日〔がんじつ〕のあけぼのの光を「初明かり〔はつあ〕」とよんでありがたい気分になる。元日の朝日の光も同じ発光体〔はっこうたい〕から出るふつうの電磁波〔でんじは〕だが、めでたい気分で「初日影〔はつひかげ〕」とよび、特別に愛〔め〕でる。その元日の朝日に赤く染まった空を「初茜〔はつあかね〕」とよぶ。そして、新しい気分で迎える正月〔しょうがつ〕の空は「初空」だ。元日に風が凪〔な〕ぐと「初凪ぎ〔はつな〕」とよび、年〔とし〕があらたまってはじめ

て聞く鳥などの声を「初声」、鴬などがその年の最初に鳴いた声を「初音」とよんで特別な思いで聞いたようだ。新年らしい風景そのものをも「初景色」として大事にしたらしい。

　そのほかにも、「初富士」「初旅」があり、「初荷」「初商い」から、「初湯」「初便り」「初電話」「初夢」「初笑い」と、日本の正月は初物づくしだ。さらに、女性の「初髪」「初鏡」「初化粧」があって、「初田打ち」や「初肥」というのもあるそうだ。ただし、「初恋」のほうは季節限定ではないらしい。

　「初」という字がつくものばかりではない。「若水」「七草粥」、そして「鏡開き」と、日本の新年はめでたくめぐる。「けふばかり妻のゐなかの雑煮かな」という明亭の句があるという。餅を主にした汁物だという点ではどこの雑煮も同じだが、餅の形や汁に入れる具の取り合わせ、それに汁の味つけなどにその土地その土地の特色がある。この句は妻の実家で正月の雑煮を祝っているときの感懐だろうか。それとも、妻が今日は珍しく、いつもの嫁ぎ先の流儀とは違う自分の里の雑煮をつくってみた、という趣意だろうか。どちらにしても、鶏肉に塩焼の鰤をあしらって、さっぱりと仕立てた雑煮のような気がする。この「雑煮」もまた新年の季語である。

2.1.5. 신년

▌ 하쓰소라 하쓰네 하쓰와라이 조니

이윽고 가는 해를 보내고 오는 해를 맞는다. 첫 참배에서 새해가 밝으면 무엇이든 새롭다. 그런 기분이다. 설날의 새벽녘 빛을 '하쓰아카리'라고 불러 고마운 기분이 된다. 설날의 아침 햇빛도 같은 발광체에서 나오는 보통의 전자파지만 경사스러운 기분으로 '하쓰히카게'라고 불러 특별히 즐긴다. 바로 그 설날 아침 해에 붉게 물든 하늘을 '하쓰아카네'라고 부른다. 그리고 새로운 기분으로 맞은 정월의 하늘은 '하쓰조라'다. 설날에 바람이 멎어 파도가 잔잔해지면 '하쓰나기'라 부르고, 해가 바뀌고서 처음으로 듣는 새소리 등을 '하쓰코에', 휘파람새 등이 그해에 맨 처음으로 낸 소리를 '하쓰네'라고 하여 특별한 생각으로 들었다 한다. 새해다운 풍경 그 자체도 '하쓰케시키'라고 하여 소중히 했다.

그 밖에도, '하쓰후지(새해 처음으로 보는 후지 산)', '하쓰타비(새해 첫 여행)'이 있고, '하쓰니(새해 첫 상품배달)', '하쓰아키나이(새해 마수걸이)'부터 '하쓰유(새해 첫 목욕)', '하쓰타요리(새해 첫 편지)', '하쓰덴와(새해 첫 전화)', '하쓰유메(새해 첫 꿈)', '하쓰와라이(새해 처음으로 웃음)'로, 일본의 정월은 '하쓰' 투성이다. 게다가 여성의 '하쓰가미(여자가 새해 처음으로 머리를 묶음)', '하쓰카가미(새해 처음으로 거울을 보며 화장함)', '하쓰케쇼(새해 첫 화장)'가 있고, '하쓰타우치(첫

밭갈이)'와 '하쓰코에(첫 거름을 줌)'라는 것도 있다고 한다. 하지만 '하쓰코이(첫사랑)'는 계절에 한정된 것은 아닌 것 같다.

'하쓰(初)'라는 글자가 붙는 것만이 아니다. '와카미즈(설날 아침에 긷는 정화수)', '나나쿠사가유(봄의 일곱 가지 나물을 넣은 죽)', 그리고 '가가미비라키(가가미 떡으로 조니(일본식 떡국)나 단팥죽을 지어 먹음)'로, 일본의 신년은 경사스럽게 돌아간다. '오늘만은 처의 고향의 조니일까'라는 메데이(明亭酩)의 하이쿠가 있다고 한다. 떡을 주재료로 한 국물요리라는 점에서는 어디의 조니나 같지만, 떡의 모양과 국물에 넣는 건더기의 배합, 거기에 국물의 간 맞추기 등에 그 고장 그 고장의 특색이 있다. 이 하이쿠는 아내의 친정에서 조니를 먹으면서 새해를 축하하던 때의 감회인 것일까. 아니면 아내가 오늘은 드물게 평소 시댁의 방식과는 다른 자기 고향의 조니를 만들어 봤다고 하는 취지인 것일까. 어느 쪽이든 닭고기에 소금구이한 방어를 곁들여서 담백하게 만든 조니일 것 같은 느낌이 든다. 이 '조니'도 또한 새해를 나타내는 계절어이다.

✎ **語彙・表現ボックス**

☐ 愛でる　　　탄복하여 즐기다; 귀여워하다

☐ 凪ぐ　　　　바람이나 파도가 잔잔해지다

☐ 具　　　　　건더기

☐ 流儀　　　　어떤 사람·가문·유파가 가진 기능·예술 따위의 독특한
　　　　　　　 방법

☐ 雑煮　　　　(설에 먹는) 조니, 떡국

☐ あしらう　　대접하다

海と日本語
바다와 일본어

　日本は島国である。島国であるために日本人は、とかく、日本のものと外国のものとの差別を重視する。

　この気持は、当然言語にも影響する。たとえば、日本のもののみを特に限って「国―」「和―」、と呼ぶ言い方ははなはだ多い。National Languageという言葉は、英語ではめったに用いられない、かたい言葉だそうであるが、「国語」という語は日本語ではごくふつうに使われる単語である。同様に「国史」「国文学」なども、よく用いられる日本的語彙である。

　島国であるために、日本は、また、しばしば外来文化の影響を受けずに、自国の文化の成長をゆっくり樂しむことができた。日本固有の文化を懐かしむ気持は、この間に胚胎したものにちがいない。日本語に歴史的変遷が比較的少ないというのもここに由来するであろう。が、他方、日本にはいってくる外国の文化は、一般に外国で十分に発達したものが多くはって来ることになり、ここに何事も外国にかなわないという盲目的な崇拝心

が発生する。こんなことから、いつも日本文化には、古い固有のものと新しい外来のものとの混交が著しい。そのために日本文化はきわめて複雑である。

このことは、日本語にもそのままあてはまる。日本語はきわめて多彩な言語である。さきには言文一致の運動があり、近くは当用漢字の制定や仮名づかいの改訂があった。

一方、日本語の語彙には、海や海産物や漁業に関するものがきわめて多い。

国語辞典の巻末を見ると、難訓語彙という条があり、そこには「海老」「海苔」「海月海」……といった、「海」という字をかぶった熟語がたくさん並んでいる。また国字―日本製の漢字の中で、魚偏の字が目だって多いことも漢和辞典を見ればすぐわかる。一方、魚の名を見ると、タイ、フナ、アユ、コイ、サメ、コチ、ボラ、フカ、イワシ、イナ、サケ、マスなどそれ以上分析できないものがきわめて多い。特に注意すべきは、同一の魚に対して、成長過程に応じてちがった名をつけていることで、ニシンの子をカズノコと呼び、ブリがイナダ、ワラサ、ブリと名を変えるのは周知のとおりである。

일본은 섬나라이다. 섬나라인 까닭에 일본인은 아무튼 일본 것과 외국 것과의 차이를 중시한다.

이런 마음은, 당연히 언어에도 영향을 끼친다. 예를 들면, 일본 것만을 특히 한정하여 '국(国)—', '화(和)—'라고 부르는 표현이 매우 많다. National Language라는 말은 영어에서는 거의 사용되지 않는, 엄격한 말이라고 하는데 '국어'라고 하는 말은 일본어로는 아주 보통으로 사용되는 단어이다. 마찬가지로 '국사', '국문학' 등도, 잘 사용되는 일본적 어휘이다.

섬나라이기 때문에 일본은 또 종종 외래문화의 영향을 받지 않고, 자국 문화의 성장을 천천히 즐기는 것이 가능했다. 일본 고유의 문화를 그리워하는 마음은 그 사이에 싹튼 것임에 틀림없다. 일본어에 역사적 변천이 비교적 적다고 하는 것은 여기에 유래한 것일 것이다. 그렇지만 또 한편으로 일본으로 들어온 외국 문화는 일반적으로 외국에서 충분히 발달한 것이 많이 들어오게 되고, 그래서 어떤 것도 외국에 이길 수 없다는 맹목적인 숭배심이 발생한다. 이러한 것에서 언제나 일본 문화에는 오래된 고유의 것과 새로운 외래의 것과의 혼합이 두드러진다. 그 때문에 일본 문화는 매우 복잡하다.

이것은 일본어에도 그대로 들어맞는다. 일본어는 매우 다채로운 언어이다. 이전에는 언문일치 운동이 있었고, 근간에는 상용한자 제정이나 가나 사용의 개정이 있었다.

한편, 일본어 어휘에는 바다나 해산물이나 어업에 관련된 것들이 매우 많다.

일본 국어사전의 권말을 보면, 훈독이 어려운 어휘라는 조항이 있는데, 거기에는 새우(海老), 김(海苔), 해파리(海月)······ 라는 바다 해(海) 글자를 쓴 숙어가 많이 나열되어 있다. 또 일본제 한자 중에서, 한자부수 중의 하나인 고기어 변(魚)의 글자가 눈에 띄게 많은 것도 일본 한자사전을 보면 바로 알 수 있다. 한편, 고기의 이름을 보면 도미, 붕어, 은어, 잉어, 상어, 양태, 숭어, 상어, 청어, 모쟁이, 연어, 송어 등 그 이상 분석할 수 없는 것이 상당히 많다. 특히 주의해야만 하는 것은 동일한 생선에 대해 성장 과정에 따라 다른 이름을 붙이는 것으로, 청어 새끼를 가즈노코라 부르고, 방어(부리)를 이나다(30~40㎝정도), 와라사(60~80㎝정도), 부리(80㎝이상)로 이름을 바꾸는 것은 주지하는 바이다.

新しい言葉

- 旧字体　　　구자체(1949년에 상용한자에서 신자체로 정리되기 이전의 자체)
- 懐かしむ　　그리워하다
- 胚胎　　　　배태, 사물의 시초
- 盲目的　　　맹목적
- 崇拝心　　　숭배심
- 著しい　　　또렷하다. 두드러지다.
- 巻末　　　　권말
- 難訓語彙　　훈독하기 어려운 어휘

❏ 条^{くだり}　　　항목, 조항

❏ 周知^{しゅうち}　　주지, 여러 사람이 두루 앎

❏ 魚偏^{うおへん}　　한자 부수의 하나, 고기어변(漁)

日本の国内には、山地が多く、地形が複雑に区分されている。そしてこのため小さな集落があちこちに発達し、その各々で生活が発展していったわけで、地域による習俗の差がきわめて大きい。それに応じて方言の差がまた大きい。

日本人は一般に自分の村落のものと、他の地方のものとの区別をやかましく言いたてる。

これもこの地域による習俗・言語の差の大きい事と関係があろう。ヨソは英語のanother placeに比べて、はるかに充実した内容、濃厚な語感をもつ。ヨソモノはstrangerとちがい対立意識を感じさせる。堀一郎によると、日本人ぐらい郷土に執着の強い民族は少ないという(毎日ライブラリー『日本人』p.58)。そういえば、ナツカシイはいかにも日本的なひびきをもつ語である。「族」という日本語は特別の哀愁と結びついている。

次に、日本は山が多い結果、平地がいずれも狭く、そこを流れる川も多くは小さい。これを反映してか日本人のやり方や考

え方は、一般に規模が小さい。松村武雄は、日本の昔話の特色の一つとして想像力の乏しいことをあげている。たしかに、日本の昔話には、アラジンのランプのような、余力もない威力を発揮する宝物は出て来ない。ウチデノコヅチはどんなものでも自由に打ち出す力をもっているはずであるが、一寸法師は、自分の身の才を出してしまうと、もう満足してしまっている。

　このような想像力の乏しさから、日本には、外国にあるような恐ろしい怪物は出て来ない。鬼などはきわめて愛すべき親しむべき存在である。「鬼も十八」「鬼の目にも涙」「未来のことを言えば鬼が笑う」と言われては、鬼はちっとも恐ろしくない。オニユリという植物は、多少いかついというだけでオニという名を冠せられた。オニバシリという灌木は、センイが多少強靭だという意味でこう呼ばれるが、植物センイにしばられて動けなくなる鬼では、情けない。

　神や仏も、大体同様で、ごく平凡な存在である。選挙の神様（安達謙蔵）、小説の神様（志賀直哉）、すもうの神様（大の里）など、神様は至る所にゴロゴロしている。「仏の顔も三度」「知らぬが仏」では、仏もありかたみが薄い。

　次に日本では山に囲まれた小天地は、いずれも小さくまとまっている。このことから日本人は小さなまとまった形のものに愛着

を感じる。俳句という世界一の短小な文芸作品を産出したのは、これと関係がある。その結果「季語」という、世界に類のない一群の文学用語を作り出した。

　このような態度は、また、小さなもの、細かいものに日本人の目を向けさせる。芳賀矢一氏の指摘のように、『古事記』『日本書紀』の歌謡や『万葉集』に出てくるシタダミやワレカラなどはきわめて微細な動作である。国歌に出てくるサザレイシは、英語のpebbleの同意語であるが、pebbleにはサザレイシに見られる「美しい」という意味はあるまい。

　キメ(の細かい)、コク(のある)、風味(のいい)、などはいずれも日本人の価値判断に用いられる語である。アオ、紺、アイ、ソライロ、ミズイロ、アサギ、モエギ、ハナダ等々、色のちがいには、日本人はきわめて敏感である。この小さいもの、味わいのこまやかなものを愛することから、さらに、日本人の手先は器用にならざるを得ない。「器用」「細工」「丹念」「ぞんざい」などの漢語や漢語まがいの単語は、日本でできた語、または日本で新たに意味を与えられた語である。

　しかし、山が多く栽地が少ないため、日本人は一方勤勉にならざるを得なかった。『知性』に載った座談会、「日本人とは何か」においては、日本人の特徴としてまず勤勉性をあげている(1960年5月

号）。そういえば、「世話」「丹誠」「出精」「根気」「めんどう」「横着」「一所懸命」など、労働の態度に対する語彙は実に豊富である。

　漢語と見えるものでも、実は日本で作られた語、日本で新しい意味をもつに至った語である。「勤」という漢字も、国字で、しかも国字のうちで、最も使用率の多い文字となっている。イソシムという労働を楽しむ意味を表す語も日本的である。日本の平地が狭く、人口が多いことは、次に住民のあいだに競争心を起こさせた。

　日本人は概して武骨であり、戦闘的であると言われた。このために日本語の中には、戦争と関係のある語がむやみに愛用される。真剣ニナル、横ヤリヲ入レル、矢続ぎ早に、カブトヲ脱グ、トドメヲ刺ス、無鉄砲、矢モ盾モタマラナイ、手グスネ引クなど、いずれもその例である。

　しかし、またこういう生活環境におかれて、日本人は貧しいままを楽しもうという生き方をもとった。今村太平氏は、「芸術にあらわれた日本精神」において、日本人は貧乏をそのまま美化しようとしたことを指摘している（『思想の科学』1960年5月号）。建築の一部にわざわざススタケを用い、家の囲いに虫の食った古いフナイタの塀を用いるのはその例である。日本人の美の精神、サビ、ワビ、イキ、シブミ等は、いずれも質素とつながっている。

일본 국내에는 산지가 많고 지형이 복잡하게 구분되어 있다. 그리고 그 때문에 작은 취락이 여기저기에 발달해, 각각에서 생활이 발전해감으로써 지역에 따라 풍습 차이가 매우 크다. 그에 따라서 방언의 차이도 역시 크다.

일본인은 일반적으로 자신의 촌락과 다른 지방과의 구별을 엄격하게 내세운다.

이것도 이 지역에 의한 풍속, 언어 차가 큰 것과 관계가 있을 것이다. '요소(외부)'는 영어의 another place에 비해 훨씬 충실한 내용, 농후한 어감을 가진다. '요소모노(외부인)'는 stranger와 다른 대립의식을 느끼게 한다. 호리이치로(堀一郎)에 의하면, 일본인만큼 향토에 집착이 강한 민족은 적다고 말한다. 그러고 보면 '나쓰카시이(그립다)'는 매우 일본적인 여운을 가진 말이다. '족(蔟)'이라는 일본어는 특별한 애수와 깊은 관계가 있다.

다음으로 일본은 산이 많은 결과 평지가 모두 좁고, 그곳을 흐르는 강도 대부분은 작다. 이것을 반영해서인지 일본인의 태도나 사고방식은 일반적으로 규모가 작다. 마쓰무라 다케오(松村武雄)는 일본 옛날이야기의 특색의 하나로 상상력이 부족한 것을 들고 있다. 확실히, 일본의 옛날이야기에는 알라딘의 램프 같은, 여력도 없는 위력을 발휘하는 보물은 나오지 않는다. 도깨비 방망이는 어떤 것이라도 자유롭게 두드려 나오게 하는 힘을 가지고 있지만, 난쟁이는 자신의 재능을 발휘해 버리면 이미 만족해 버리고 있다.

이와 같은 상상력의 부족함으로 일본에는 외국에 있을 법한 무서운 괴물은 나오지 않는다. 귀신같은 것은 지극히 사랑할 만하고 친근한 존재이다. '도깨비 귀신도 18살에는 예쁘다', '귀신이라도 눈물을 흘릴 때가 있다', '미래의 일을 말하면 귀신이 웃는다'라고 전해져 귀신은 조금도 두렵지 않다. 참나리(오니유리)라는 식물은 다소 우락부락하다는 것만으로 귀신(오니)이라는 이름이 붙여졌다. 귀신바시리(오니바시리)라는 관목은 섬유가 다소 강인하다는 의미로 이렇게 불리지만, 식물 섬유에 묶여 움직일 수 없게 된 귀신으로는 한심하다.

신이나 부처님도 대체로 마찬가지로, 지극히 평범한 존재이다. 선거의 신(아다치겐조(安達謙蔵)), 소설의 신(시가 나오야(志賀直哉)), 스모의 신(오노사토(大の里)) 등 신은 도처에 얼마든지 있다. '부처님의 얼굴도 세 번 쓰다듬으면 노한다', '모르는 것이 부처님(모르는 것이 약)'이라는 표현에서 부처님에게도 고마움을 느끼는 감정이 옅다.

다음으로 일본에서는 산에 둘러싸인 소천지는 모두 작게 정돈되어 있다. 그래서 일본인은 작게 정리된 형태에 애착을 느낀다. 하이쿠라는 세계에서 제일 짧은 문예작품을 산출한 것은 이것과 관계가 있다. 그 결과 '계절을 나타내는 말'이라는 세계에서 유례없는 일군(一群)의 문학용어를 만들어 냈다.

이러한 태도는 또 작은 것, 세세한 것에 일본인의 눈을 돌리게 한다. 하가 야이치(芳賀矢一)씨의 지적처럼, 『고지기(古事記)』, 『니혼쇼기(日本書紀)』의 가요와 『만요슈(万葉集)』에 나오는 시타다미(シタダミ: 작은 권패(巻貝))조개나 와레가라(ワレカラ: 1~3㎝정도의 갑각류) 등은 동작이 매우 미세하다. 일본 국가에 나오는 사자레이시(サザレイシ(細石): 작은 돌)는 영어의 페블(pebble)과 동의어이지만, 페블(pebble)에는 사자레이시(サザレイシ)에 보이는 '가늘고 작고 조그마해서 아름답다'라는 의미는 없다.

결(이 곱다), 감칠 맛(이 있다), 풍미(가 좋다) 등은 모두 일본인의 가치 판단에 사용되는 말이다. 파랑, 감색, 남색, 맑게 푸른 하늘빛, 물빛, 연두색, 연둣빛, 옅은 남색 등등 색깔의 차이에 일본인은 매우 민감하다. 이 작은 것, 맛의 세밀한 것을 사랑하기 때문에 더욱 일본인의 손재주는 좋게 되지 않을 수 없다. '기요(器用: 솜씨가 좋음)', '사이구(細工: 세공)', '단넨(丹念: 공들임)', '거칠고 난폭함' 등의 한어나 한어로 보이는 단어는 일본에서 생긴 말, 또는 일본에서 새롭게 의미를 부여받은 말이다.

그러나 산이 많고 재배지가 적기 때문에, 일본인은 한편 근면하지 않을 수 없었다. 『지성』에 실린 좌담회 「일본인은 무엇인가」에서는 일본인의 특징으로 우선 근면성을 들고 있다(1960년 5월호). 그러고 보니 '보살핌', '정성', '정성껏 함', '끈기', '보살핌', '게으름 피움', '열심히 함' 등 노동 태도에 대한 어휘는 정말 풍부하다.

한어로 보이는 것이라도 실은 일본에서 만들어진 말, 일본에서 새로운 의미를 가지게 된 말이다. '근(謹)'이라는 한자도 일본식 한자로, 게다가 일본에서 만든 한자 중에서 가장 사용률이 많은 문자이다. 이소시무(イソシム)라는 노동을 즐기는 의미를 나타내는 말도 일본적이다. 일본의 평지가 좁고, 인구가 많은 것은 뒤이어 주민 사이에 경쟁심을 일으켰다.

일본인은 대체로 세련되지 않고 전투적이라고 말해진다. 실제로 일본어는 전쟁과 관련된 단어를 지나치게 애용한다. 진짜 칼이 되다(진지하게 되다), (옆에서 찌르는 창같이) 곁에서 참견하다, (화살을

재빨리 연달아 갈아 메우듯이) 연달아/잇따라, 투구를 벗다(항복하다), 목을 찔러 숨통을 끊다(다짐하다 못 박다), 총포가 없음(무모함), 화살도 방패도 더 이상 견딜 수 없다(애가 타서 가만히 있을 수 없다), 활시위를 강하게 하기 위해 송진에 기름을 섞어 끊인 것을 바르다(만만의 준비를 하고 적을 기다리다) 등 모두 그 예이다.

하지만 또한 이러한 생활환경에 놓인 일본인은 가난한 그대로를 즐기는 방식도 취했다. 이마무라 다이헤(今村太平)씨는 「예술에서 나타나는 일본의 정신세계」에서 일본인은 빈곤을 그대로 미화하려 했다고 지적했다. 건축 일부에 일부러, 그을려 검붉어진 대나무를 사용하고 집 울타리는 벌레 먹은 오래된 뱃바닥의 깔판을 사용한 것이 그 예다. 일본인의 미의 정신, 사비(サビ), 와비(ワビ), 이키(イキ), 시부미(シブミ) 등은 모두 검소함과 관련 있다.

❑ ひびき　　울림, 메아리, 진동, 여운

❑ 結びつく　맺어지다, 연관되다, 연결되다

❑ 打ち出す　발사하다, 치기 시작하다

❑ 一寸法師　난쟁이

❑ いかつい　우락부락하다, 딱딱하다, 억세다

❑ しばる　　묶다, 잡아매다, 포박하다

❑ 手先　　　손재주

❑ 味わい　　맛, 정취

雨と日本語
비와 일본어

　日本は、モンスーン地帯に属する。ここでは、夏季には高温多湿の南西の季節風を、冬季には北東の季節風を受け、熱帯的、寒帯的の二重性格をもつ。初秋には台風に見舞われ、早春にはしばしば大雪を浴びる。気候の変化も実に多種多様であり、同時に頻繁である。したがって日本人は、気候天候に無関心ではいられない。

　日本人は「今日は良いおひよりで」とか「よいおしめりで」とか、日常のあいさつには、まず天気のことを述べる。これは世界どこでもの習慣ではないという。雨などは日本では、実にさまざまな降り方をするので、日本語では雨のちがいを表す単語が実に豊富である。

　サミダレ、ユウダチ、ムラサメ、シグレ、ミゾレ等、われわれは、その細かい語感のちがいを区別する。ハルサメという言葉一つでも、spring rainと訳しては表すことのできない、ある詩趣をもっている。キリ、モヤ、カスミは、いずれも日本語では、基本

語の位置を占める語である。ナギにあたる漢字はなく、日本で新造せざるを得なかった。

さて、日本は多湿であることは、多くの植物の繁茂をうながし、植物の種類の豊富さで知られている。これを反映して、マツ、スギ、モミ、カヤ、マキ、ナラ、ツキ、ブナ、カバ、クワ、カジ、カシ、シイ、クリ、モモ、ナシ、キリ、ニレ、ムク、ツゲ、トチ、ホオなど、日本にはそれ以上分析できない木の名が非常に多い。木偏の国字がたくさんあることもこの事実を反映する。

草では、カヤ、コモ、ススキ、オギ、アシ、ガマ、イ、スゲのような長い草の名が多い。これらの植物は、いずれも日本人の衣食住の生活に貢献し、日本特有の文化を作り上げている。

植物の中で、特に日本らしさを作り出しているものはコメとタケであろう。米作は、日本における代表的な産業で、その栽培地である「田」ということばは、日本人の姓に最も多く用いられる造語要素になっている。これに応じて、米に関する語彙は豊富で、イネ、コメ、イイ(メシ)、さらにモチ、ウルチ、ワセなどある。日本の熟語やことわざにも、「コメカミ」「ヌカにくぎ」「おぼれるものはワラをもつかむ」等々、米に関するものがすこぶる多い。

さて、日本は、大雨の結果、川が多く、それらはいずれも豊かな水量をたたえ、かつ、水の美しさをほこっている。これは日

本が火山地帯で各地に温泉が多く湧出することと相まって、日本語に、「水」に関するおびただしい語彙を供給した。

エ(江)・ツ(津)・セ(瀬)・ス(州)など、一音節語の水に関する語彙が多く、セはタキとともに日本語ではごくふつうに用いられる語彙である。「水」はwaterとちがい、冷たいという意味があり、つば、涙、汗、小便のようなものは含まれない。もっと厳密な内容をもつ。

일본은 몬순지대에 속해 있다. 하계에는 고온다습의 남서 계절풍을, 동계에는 북동풍의 계절풍을 받아 열대기후, 한대기후의 이중성격을 가진다. 초가을에는 태풍에 휩쓸리고, 초봄에는 여러 차례 폭설을 맞는다. 기후의 변화도 실로 다종다양하며 동시에 빈번하다. 따라서 일본인은 기후와 날씨에 무관심하게 있을 수 없다.

일본인은 '오늘은 좋은 날씨네'나 '알맞은 가랑비네' 등 일상의 인사에는 먼저 날씨를 말한다. 이것은 세계 어디에서나 있는 습관은 아니라고 한다. 비는 일본에서 실로 여러 가지 형태로 내리기 때문에 일본어에서 비의 차이를 나타내는 단어는 정말 풍부하다.

사미다레(음력 5월경의 장맛비), 유다치(여름 오후에서 저녁 무렵에 내리는 소나기), 무라사메(한차례 강하게 내리고 그치는 소나기), 시구레((늦가을의) 오락가락 하는 비), 미조레(진눈깨비) 등 일본어

는 그 세세한 어감의 차이를 구별한다. 하루사메(봄비)라고 하는 한 단어에도 스프링 레인(spring rain)이라고 번역해서는 표현할 수 없는 어느 시정(詩情)을 가지고 있다. 안개, 연무, 봄 안개는 모든 일본어에서 기본어의 위치를 차지하는 말이다. 나기(凪ナギ: 바다가 잔잔해짐)에는 알맞은 한자가 없어서 일본에서 새로 만들 수밖에 없었다.

일본이 다습하다는 것은 많은 식물을 무성하게 촉진하고, 식물의 종류의 풍부함으로 알려져 있다. 이것을 반영하여 마쓰(소나무), 스기(삼나무), 모미(전나무), 가야(비자나무), 마키(젖꼭지나무), 나라(졸참나무), 쓰키(느티나무), 부나(너도밤나무), 가바(자작나무), 구와(뽕나무), 가지(꾸지나무), 가시(떡갈나무), 시이(모밀잣밤나무), 구리(밤나무), 모모(복숭아나무), 나시(배나무), 기리(오동나무), 니레(느릅나무), 무쿠(푸조나무), 쓰게(참회양목), 도치(칠엽수), 호오(후박나무) 등 일본에는 그 이상 분석 할 수 없는 나무 이름이 대단히 많다. 나무 목(木)변의 일본식 한자가 많이 있는 것도 이 사실을 반영한다.

풀에서는 가야(띠, 참억새, 사초), 고모(줄풀), 스스키(참억새), 오기(물 억새), 아시(갈대), 가마(향포, 부들), 이(골풀 등심초), 스게(사초)와 같이 긴 풀의 이름이 많다. 이러한 식물은 모두 일본인의 의식주 생활에 공헌하고 일본 특유의 문화를 만들어내고 있다.

식물 중에서 특히 일본다움을 만들어 내고 있는 것은 쌀과 대나무일 것이다. 벼농사는 일본의 대표적인 산업으로 그 재배지인 '다(밭 전 田)'라는 말은 일본인의 성에 가장 많이 사용되는 조어 요소가 되어 있다. 이것에 따라 쌀(고메)과 관련된 어휘는 풍부하여 벼, 쌀, 밥 게다가 찹쌀, 멥쌀, 올벼 등이 있다. 일본의 숙어나 속담에도 고메

카미(관자놀이), 겨에 못 박기(반응이 없음의 비유), 물에 빠진 사람은 지푸라기라도 잡는다 등 쌀에 관련된 것이 몹시 많다. 일본은 비가 많이 내려서 강이 많은데 모두 수량이 풍부하고 동시에 물의 아름다움을 자랑하고 있다. 이것은 일본이 화산지대로 각지의 온천이 많이 용출하는 것과 겹쳐서 일본어에 물과 관한 굉장히 많은 어휘를 공급했다.

에(江: 강)·쓰(津: 나루)·세(瀬: 여울)·스(州: 큰 강) 등 한 음절어인 물에 관한 어휘가 많고 세(瀬: 여울)는 다키(タキ: 폭포, 급류)와 함께 일본어에서 아주 일반적으로 사용되는 어휘이다. 미즈(물)는 영어의 워터(water)와 달리 차갑다는 의미가 있어 침, 눈물, 땀, 소변과 같은 것은 포함되지 않는다. 좀 더 엄밀한 내용을 가진다.

✎ 語彙·表現ボックス

❑ 武骨   세련되지 못함, 매끄럽지 못함, 무례함 버릇없음

❑ いずれも   어느 사람이나, 어느 것이나 다, 모두

❑ 横やりを入れる 곁에서 참견하다

❑ かぶとを脱グ 투구를 벗다. 항복하다.

❑ とどめを刺す 목을 찔러 숨통을 끊다. 다짐하다. 못 박다.

❑ 手ぐすね引く 만만의 준비를 하다. 준비를 마치고 기회가 오기를 기다리다.

❑ 繁茂   번무, 초목이 우거짐

❑ うながす   재촉하다, 독촉하다.

❑ 詩趣	시의 정취
❑ 木偏	나무 목 변, 한자의 부수 중 한 가지
❑ すこぶる	몹시, 매우, 대단히
❑ たたえる(湛える)	가득 채우다
❑ かつ	또
❑ おびただしい	엄청나다, 굉장히 많다
❑ 相まって	서로 어울려서, 서로 작용하여서

第三章.

日本人の思考様式
일본인의 사고 양식

3.1.1. マイナス的思考様式 [1]

　日本人が指を使って数を数える時、初めは通常片方の手の平を開け、いわゆるジャンケンのパーの形にしてから、1、2、3、と指を折り曲げる。その時、指の動きは、親指を初め折り曲げ、それから人指し指、中指と、順番に折り曲げていく。5になった時、手の平の形は握り拳の形になる。しかし考えてみると、握り拳が5の数を示すのは不自然である。なぜなら、10の数を示す時、誰も両方の手を握り拳にして出す人はいないからである。ということは、握り拳は本来5の数を示すのではなく、0の数をしめしていた。故に、日本人は5の数から出発して0の数へと計算していくと考えられる。しかし、この0の数は、0であり、同時に5の数をも意味している。

　日本人は長年農耕民族であった。3世紀頃の弥生時代以後19世紀まで農業を生活の中心として営んできたということは、農耕

民族の年間の収穫と生活様式との関係が次のことを示している。

　農耕民族にとり一年間に収穫できる収穫量は一定している。従って自分が所有している収穫物は、収穫時点を最高として、日々常に徐々に減って行くことしか考えられなかった。つまり、限定された収穫物が次の収穫時まで、慶弔に関する出来事、その他何か事あるごとに放出し、減っていく。このように農民の生活の糧は常に減っていくということしか考えられなかった。

　故に、数を数える時、日本人の場合、手の平を開けてから数え始めるのは、初めに自分の全体収穫量を示している。それから徐々に収穫物が無くなっていき、最後には0となる減算を示している。つまり、片方の手は自分の持っている収穫総量(この場合は5)を意味し、握り拳は収穫量が無くなった状態を示すのである。

　次に、西洋人の数の数え方を見てみよう。西洋人の場合、まず握り拳を出し、ジャンケンのグーの形をとる。当然これは0を示している。それから1、2、3、4、5、と数が増えるに従い、親指から順番に人指し指、中指、薬指、小指と開いて行き、5の数の時は手の平を全部開いた形にする。西洋人の数の数え方は、0から5へと移り、数が増えるとともに手を開いてゆき指の数も増加するという加算方式をとる。

　この指の動かし方は、西洋人の狩猟民族性と関連させて考え

られる。農耕民の場合、ある一定量からの減量というものが常に念頭にあったのに反し、狩猟民は猟に出かける時、常に0から出発するということを考えなければならなかった。

これは単に指の使い方の相違と言ってしまえばそれまでであるが、日本人及び西洋人の思考様式の深い部分と関連があるのではないか。

買物に行った時のことを想定して見る。あなたは日本の本屋で700円の本を買い、1000円を代金として渡す。本屋の主人は即座に300円の釣りをあなたに渡す。本屋の主人は受け取った金額1000円引くところの本代700円、すなわち釣り300円なりと引き算をする。ここにも日本人のマイナス的思考様式が見られる。ところが西洋人の場合、700円の本を買い、1000円渡せば、本屋の主人は自分が持っている現金1000円は、あなたの700円の本にあと幾ら足せば1000円になるかと考える。従って、本屋の主人は、あなたの手の平にまず100円を置く、これによりあなたは今800円持っている。さらに本屋は100円置き900円とし、まだ足りないのでもう一度100円を置き、会計金額を1000円とする。この何でもないようなところに、日本人と西洋人の数の取り組み方の基本的姿勢の相違が横たわっている。日本人が釣り銭の算出に引き算を使い、西洋人が足し算を使うのは、釣り銭の時だけではないと

考える。この思考様式の相違は、大きく言えば、両者の生き
方、すなわち人生観とも関連していると考えられる。

3.1.1. 마이너스적 사고 양식 [1]

일본인이 손가락으로 숫자를 셀 때, 처음에는 보통 한쪽 손바닥을
펴서, 흔히 말하는 가위 바위 보의 보 형태로 하고 나서 1, 2, 3 하고
손가락을 구부려 접는다. 그때 손가락의 움직임은 엄지를 처음 접고
그리고 나서 검지, 중지를 순서대로 접어 간다. 5가 되었을 때 손의
형태는 주먹 모양이 된다. 그러나 생각해 보면 주먹이 숫자 5를 나타
낸다는 것은 부자연스럽다. 왜냐하면 숫자 10을 나타낼 때 양손을
주먹 쥐어 내미는 사람은 아무도 없기 때문이다. 그렇다는 것은 주먹
은 원래 숫자 5를 나타내는 것이 아닌, 숫자 0을 나타내고 있었다.
따라서 일본인은 숫자 5에서 시작해서 0으로 계산해 나가는 것이라
고 생각된다. 그러나 이 0이라는 숫자는 0인 동시에 5를 의미하고
있다.

일본인은 오랜 기간 동안 농경민족이었다. 3세기경의 야요이 시대
이후 19세기까지 농업을 생활의 중심으로 영위하고 있었다는 것은
농경민족의 연간 수확과 생활 방식의 관계가 다음의 사실을 보여주
고 있다. 농경민족에 있어 1년 동안에 수확할 수 있는 수확량은 일정

하다. 따라서 자기가 소유하고 있는 수확물은 수확 시점을 최고로, 날마다 항상 서서히 줄어가는 것 밖에 생각할 수 없었다. 즉, 한정된 수확물이 다음 수확 때까지 경조사나 그 밖에 무슨 일이 있을 때마다 방출되어 줄어들어 간다. 이와 같이 농민 생활의 양식은 항상 줄어들어 간다는 것밖에 생각할 수 없었다.

그러므로 수를 셀 때 일본인의 경우 손바닥을 펴서 세기 시작하는 것은 처음에 자신의 전체 수확량을 보여주고 있다. 그리고나서 서서히 수확물이 없어져서 마지막에는 0이 되는 감산을 나타내고 있다. 즉, 한쪽 손은 자신이 가지고 있는 수확 총량(이 경우는 5)을 의미하고 주먹은 수확량이 없어져 가는 상태를 나타내는 것이다.

다음으로 서양인의 숫자를 세는 방식을 보자. 서양인의 경우, 먼저 주먹을 내어 가위 바위 보의 주먹의 형태를 취한다. 당연히 이것은 0을 나타내고 있다. 여기에 1, 2, 3, 4, 5로 숫자가 늘어감에 따라 엄지부터 차례로 식지, 중지, 약지, 소지로 펴가고 5가 되었을 때는 손바닥을 전부 펼친 형태가 된다. 서양인의 숫자를 세는 방식은 0에서 5로 이동하고 숫자가 늘어감에 따라 손을 펼쳐 가서 손가락의 숫자도 증가하는 덧셈 방식을 취한다.

이런 손가락의 움직이는 방식은 서양인의 수렵 민족성과 관련시켜서 생각할 수 있다. 농경민의 경우, 어느 일정량에서 감소되는 것이 항상 염두에 있었던 것에 반해서 수렵민은 사냥하러 나갈 때 항상 0에서 출발하는 것을 생각할 수밖에 없었다.

이것은 단순히 손가락 사용법의 차이라고 말해 버리면 그뿐이지만 일본인 및 서양인의 사고방식의 깊은 부분과 관련이 있는 것이 아닐까.

쇼핑하러 갈 때를 상정해 보자. 당신은 일본의 책방에서 700엔의 책을 사고 1,000엔을 대금으로 건넸다. 책방의 주인은 그 자리에서 300엔의 거스름돈을 당신에게 건넸다. 책방의 주인은 받은 금액 1,000엔에서 뺀 책값 700엔, 즉 거스름돈 300엔이 된다고 뺄셈을 한다. 여기에서도 일본인의 마이너스적 사고방식을 볼 수 있다. 하지만 서양인의 경우 700엔의 책을 사고 1,000엔을 건네면 책방의 주인은 자신이 가지고 있는 현금 1,000엔은 당신의 700엔의 책에 나머지 얼마가 더해지면 1,000엔이 되는가를 생각한다. 따라서 책방의 주인은 당신의 손바닥에 먼저 100엔을 두고, 이것에 의해 당신은 지금 800엔을 가지고 있다. 또 다시 책방 주인은 100엔을 두어 900엔으로 하며, 아직 충분하지 않으므로 한 번 더 100엔을 두어 회계금액을 1,000엔으로 한다. 이런 아무 것도 아닌 것에 일본인과 서양인의 수의 대처 방식의 기본적 자세의 상이(相異)가 있다. 일본인이 거스름돈의 산출에 뺄셈을 사용하고 서양인이 덧셈을 사용하는 것은 거스름돈을 계산할 때만이 아니라고 생각한다. 이 사고방식의 차이는 크게 말하면 양자의 삶의 방식, 즉 인생관과도 관련되어 있다고 생각할 수 있다.

✎ 語彙·表現ボックス

□ 顕在	(모양으로) 나타나 있음	□ 論考	논하여 고찰함
□ 握り拳	주먹	□ 慶弔	경사와 상사
□ 徐々に	서서히, 점차	□ 糧	양식, 식량
□ 想定	상정, 가정		
□ 受け取る	수취하다, 받아들이다	□ 釣り銭	거스름돈

3.1.2. マイナス的思考様式 [2]

　マイナス的思考様式の一つの要素は、物事を肯定的(ポジティブ)に捉えようとするよりも、むしろ否定的(ネガティブ)に捉えようとする傾向があることである。例えば、ある日本の美術館の廊下に次のような掲示があった。

　　Staff only　　関係者以外は立ち入らないでください。

　このサインは、一般の人々にここから先は入らないことを示している。英語はstaff only(can enter)を意味し、関係者のみ入ることができることを意味し、肯定的表現を使っている。反して、日本語の場合、立ち入らないでください、と否定的表現が使ってある。日本語の場合、"関係者のみ入室可"とはしない。ここにも日本人は言語表現の中にマイナス的思考様式をのぞかせている。

　成人映画の切符売場では、英文の場合"adult only"となり、日本語文の場合"18歳未満はお断り"となる。又、芝生では"keep off"が"芝生には立ち入らないでください"となる。これらは単なる一例にしかすぎないが、日本人の言語表現には否定的表現が多く使われる。

　日本人が他人に何かをプレゼントする時、よく「つまらないも

のですが」と言う。本当につまらないものなら持って行かなくてもよいはずである。自分の妻を紹介する際には、「愚妻です」と言う。そんな妻ならいっそ別れてしまえばよいではないか。日本語とは面白い言語である。日本では滅多に「私が焼いた、とてもおいしいケーキです」とか「私の妻は、美しく賢いのです」などとは言わない。「愚妻」と言おうと、「お口に合わないケーキ」と言おうと、日本人は心からそう思っているのではなさそうである。本当は、「おいしいケーキ」と思っているであろうし、「素晴らしい妻」（もちろん男性全員の同意は得られないであろうが）と思っているのだ。だが、言語で表現するとなると、どうしても否定的な表現となってしまう。

　このように言語表現にマイナス的思考が存在するのは、判断の基準と関係がある。と言うのは、日本人は自己を中心に物事を判断しているのではなく、他人の世界を中心にして判断していると考えられるからである。常に他の人がどう思うかを考え、自分がどう思うかをいうより、他の人がどう思うかをまず考え、自分の考えから他人の考えを引いていくことになる。

　日本人が"世間"を余りにも強く意識するのには、これらの価値判断が作用しているのではないか。

3.1.2. 마이너스적 사고 양식 [2]

마이너스적 사고방식의 한 가지 요소는 사물을 긍정적으로 파악하려고 하는 것보다도 오히려 부정적으로 파악하려고 하는 경향이 있다는 것이다. 예를 들면, 일본의 어느 미술관 복도에 다음과 같은 게시가 있었다.

Staff only 관계자 이외는 들어오지 마세요.

이 사인은 일반 사람들에게 여기서부터 앞으로는 들어가지 않을 것을 나타내고 있다. 영어는 staff only(can enter)를 의미하고, 관계자만 들어올 수 있다는 것을 의미하며, 긍정적 표현을 사용하고 있다. 반해 일본어의 경우 "들어오지 마세요"라고 부정적 표현이 쓰여 있다. 일본어의 경우 "관계자만 입실 가능"이라고는 하지 않는다. 여기에도 일본인은 언어 표현 속에 마이너스적 사고 양식을 엿보이게 한다.

성인영화의 매표소에는 영문의 경우 "adult only"가 되고 일본어문의 경우 "18세 미만은 사절"이 된다. 또, 잔디밭에서는 "keep off"가 "잔디밭에는 들어가지 마세요."가 된다. 이것들은 단순한 하나의 예에 지나지 않지만, 일본인의 언어표현에는 부정적 표현이 많이 사용된다.

일본인이 타인에게 무언가를 선물할 때, 흔히 "하찮은 것입니다만"

이라고 말한다. 정말 하찮은 것이라면 갖고 가지 않아도 될 것이다. 자신의 아내를 소개할 때에는, "우처입니다"라고 말한다. 그런 아내라면 차라리 헤어져 버리면 좋지 않은가. 일본어란 재미있는 언어이다. 일본에서는 좀처럼 "제가 구운 매우 맛있는 케이크입니다"라든가 "제 아내는 아름답고 현명합니다." 등이라고는 말하지 않는다. '우처'로 말하든 '입에 맞지 않는 케이크'라고 말하든 일본인은 진심으로 그렇게 생각하고 있는 것은 아닌 듯하다. 사실은 '맛있는 케이크'라고 생각하고 있을 것이며, '훌륭한 아내'(물론 남성 전원의 동의는 얻지 못하겠지만)라고 생각하고 있는 것이다. 그러나 언어로 표현하게 되면 아무래도 부정적인 표현이 되어 버린다.

이와 같이 언어표현에 마이너스적 사고 양식이 존재하는 것은 판단의 기준과 관계가 있다. 왜냐하면 일본인은 자기를 중심으로 매사를 판단하고 있는 것이 아니라, 타인의 세계를 중심으로 해서 판단하고 있다고 생각되기 때문이다. 항상 다른 사람이 어떻게 생각할지를 생각하고, 자신이 어떻게 생각할지를 말하기보다 다른 사람이 어떻게 생각할지를 우선 생각하고, 자신의 생각에서 타인의 생각을 빼가는 것이 된다.

일본인이 '세상, 남'을 너무나 강하게 의식하는 것에는 이러한 가치판단이 작용하고 있는 것은 아닐까.

✎ **語彙・表現ボックス**

- ❏ 捉える 파악하다, 붙잡다
- ❏ 賢い 현명하다
- ❏ 愚妻 자기 아내의 겸칭

3.1.3. マイナス的思考様式 [3]

会田雄次著『日本人の意識構造』には、おおよそ次のようなことが記してある。

日本人の子連れの母親が森の中で突然熊に襲われたとすると、母親はとっさに子供を抱きしめ、しゃがみこみ、熊に背を向けて子供を防御しようとする。西洋人の母親は、同じ条件の下でも日本人の母親がとった防御姿勢とは正反対とも言える姿勢をとる。西洋人の母親は子供を自分の背後に押しやり、熊に向かって真正面に立つと言われている。

この例からもわかるように、子供の身を守るという、いわば本体的反応においてさえも、日本人と西洋人の態度は正反対を示している。幾つかの例外もあるが、日本人の場合、ノコギリ、カンナ等は引いて使う。力の入れ方は自然に日本人と西洋人とでは逆になっていると考えてよさそうである。

日本人には自然に"引く力"が備わっているようだ。つまり引き行動と言える。スポーツでも、日本の伝統的スポーツ、柔道、相撲などには、引き技が重要なポイントになっている。

日本刀は引いて切る、フェンシングは突く時に力を入れる、こ

れらの行動様式も、西洋人のプラス的思考様式と、日本人のマイナス的思考様式との対比として関連させて考えることができる。

3.1.4. マイナス的思考様式 [4]

　日本人のマイナス的思考様式は、日本人の消極性や、控え目な態度、さらに日本古典の美の概念等とも関係を有している。

　日本人は発言の際、種々の事を考え、どうしても控え目、消極性な態度をとってしまう。これは3.1.2で述べられたように、自分の考えよりも、他人の事を先に考えることに原因している。なぜなら、他人との調和を重んじ、意識的にも無意識的にも、他人の中で存在している自分としての立場を決定しているのである。故に、自己の思想は、他人の思想によって作られているとも言える。これらの消極的態度、言い換えれば、謙虚にしてかつ控えめな態度は、言語表現の曖昧性とも関連している。例えば、政党の代表者の答弁を聞いていると、技術的な面も大いにあろうが、難解な言い回しが多い。「～と考えられる向きも無いとは言えないのではないでしょうか～」などのように、決定や断定の力を曖昧にしてしまう。

　日本文化の特異な一例として挙げられるものの中に、"切腹・ハラ

キリ"がある。武士は一度大きな過（あやま）ちを犯（おか）すと、責任を取って切腹（せっぷく）
した。優れた人材であっても、ただ一度の過失が死に至らせる。本
人も、周囲（しゅうい）の者も、生命を残し、才能を後世（こうせい）に役立（やくだ）たせること
や、過（あやま）ちを自分の手で償（つぐな）うという考えは持たなかった。切腹（せっぷく）は日
本人のマイナス的思考様式の代表（だいひょう）とでも言（い）えるものであった。

　西洋のギリシャ彫刻（ちょうこく）等に見られる躍動的（やくどうてき）で激しい美の表現では
なく、日本の古典の美は、ものの哀（あわ）れの中に美を求めるものが多
い。芭蕉（ばしょう）の俳諧（はいかい）の世界にも"わび""さび""しおり"の美的概念（びてきがいねん）が見
いだされる。これらの美（び）は、外的対象物（がいてきたいしょうぶつ）へと発露（はつろ）していくもので
はなく、むしろ自己の内的世界の深部に美を得ようとする内向的
なものが多い。さらに、日本人の精神構造（せいしんこうぞう）は、表よりも裏の世
界を好（この）む傾向（けいこう）を示していると言（い）える。

해석

3.1.3. 마이너스적 사고 양식 [3]

　아이다 유지(会田雄次)의 『일본인의 의식구조』에는 대략 다음과
같은 것이 기술되어 있다.

아이를 동반한 일본인 어머니가 숲 속에서 갑자기 곰에게 습격당했다고 하면, 어머니는 즉시 아이를 안고 웅크리고 앉아 곰에게 등을 돌려 아이를 방어하려고 한다.

서양인의 어머니는 같은 조건 아래에서도 일본인의 어머니가 취한 방어 자세와는 정반대라고도 할 수 있는 자세를 취한다. 서양인의 어머니는 아이를 자신의 등 뒤로 밀어 보내고 곰을 향해 바로 정면에 선다고 한다.

이 예에서도 알 수 있듯이 아이의 몸을 지킨다고 하는, 말하자면 본체적 반응에 있어서 조차도 일본인과 서양인의 태도는 정반대를 보이고 있다. 다소의 예외도 있지만 일본인의 경우 톱, 대패 등은 빼면서 사용한다. 힘 넣는 방법도 자연히 일본인과 서양인과는 반대로 되어 있다고 생각해도 좋을 것 같다.

일본인에게는 자연히 '빼는 힘'이 갖추어져 있는 것 같다. 결국 빼는 행동이라고 할 수 있다. 스포츠에서도 일본의 전통적 스포츠, 유도, 스모 등에는 빼는 기술(퇴격 기술)이 중요한 포인트가 되고 있다.

일본도는 빼면서 자른다, 펜싱은 찌를 때에 힘을 넣는다는 이러한 행동양식도 서양인의 플러스적 사고양식과 일본인의 마이너스적 사고양식과의 대비로써 관련시켜서 생각할 수 있다.

3.1.4. 마이너스적 사고 양식 [4]

일본인의 마이너스적 사고 양식은 일본인의 소극성과 조심스러운 태도, 게다가 일본고전의 미의 개념 등과도 관계를 가지고 있다.

일본인은 발언할 때 여러 가지의 일을 생각하여 어떻게 해서든지 조심스럽고 소극적인 태도를 취해 버린다. 이것은 3.1.2에서 서술한 것처럼 자신의 생각보다도 타인의 일을 먼저 생각하는 것에 원인이 있다. 왜냐하면 타인과의 조화를 중히 여기고 의식적이든 무의식적이든 타인 속에서 존재하고 있는 자신의 입장을 결정하고 있는 것이다. 따라서 자기의 사상은 타인의 사상에 의해 만들어진다고도 할 수 있다. 이러한 소극적 태도, 바꿔 말하면 겸허하면서 동시에 조심스러운 태도는 언어표현의 애매성과도 관련하고 있다. 예를 들면, 정당 대표자의 답변을 듣고 있으면 기술적인 면도 많이 있겠지만 난해한 표현이 많다. "~라고 생각되는 경향도 없다고는 말할 수 없는 것이 아니겠습니까~" 등과 같이 결정과 단정의 힘을 애매하게 해 버린다.

일본 문화의 특이한 일례로써 드는 것 중에 '할복'이 있다. 무사는 한번 큰 잘못을 범하면 책임을 지고 할복하였다. 훌륭한 인재라도 단 한 번의 과실이 죽음에 이르게 한다. 본인도 주변사람도 생명을 남기고 재능을 후세에 도움이 되게 하는 것이나 잘못을 자신의 손으로 보상한다는 생각은 가지지 않았다. 할복은 일본인의 마이너스적 사고 양식의 대표라고도 할 수 있는 것이었다.

서양의 그리스 조각 등에 보이는 역동적이고 격렬한 미의 표현이 아니고 일본의 고전미는 무상함 속에서 미를 추구하는 것이 많다. 바쇼(芭蕉)의 하이카이의 세계에서도 '와비(わび: 조용한 생활의 정취를 즐김)', '사비(さび: 예스럽고 차분한 아취가 있음)', '시오리(しおり: 대상에 대한 작자의 섬세한 감정이 저절로 여정(餘情)으로서 시구(詩句)에 나타난 것)'의 미적 개념이 보인다. 이러한 미는 외적 대

상물로 드러내 가는 것이 아니고, 오히려 자기의 내적 세계의 심부에서 미를 얻으려고 하는 내향적인 것이 많다. 게다가 일본인의 정신 구조는 표면적인 것보다 내면적인 세계를 좋아하는 경향이 있다고 할 수 있다.

✎ 語彙・表現ボックス

□ とっさに	즉시
□ しゃがみこむ	웅크리고 앉다
□ 引き技	(씨름·유도 따위에서) 뒤로 빠지면서 상대를 넘어뜨리거나 균형을 잃게 하는 기술
□ 控え目	남의 눈에 나타나지 않음, 사양하듯 소극적임
□ 過ち	잘못
□ 償う	갚다; 속죄하다

■ 「住む」＝「済む」「澄む」

　日本の共同体が聖なる森を中心として神聖無比なる閉鎖的小宇宙であること、日本の神がそういったきわめて独自な共同体の輔弼者として示現する共同体の理論そのものとでも言うべき存在であること、を確認しながら最終的に、日本人が至高の価値を置いていた「清浄なるもの」とは根源的に何であるのか、その問題にいよいよ立ち向かう時がきたようである。

　すでに荒木博之(1976)は日本人にとって「配所の月を眺める」という行為が、清澄なる月の光とおのれの心とを重ね合わせながら、清らかにして私心なき大君への忠誠心を確認する行為であることを論じた。日本人の清浄志向の態度は、根元的にすべてこの大君への、あるいは共同体の理論への自己否定的に還元することができる、というのが荒木博之の立場である。

　「古事記」、宣命などにくりかえしあらわれる「清く明く正しき

心」とはまさにこの共同体理論の頂点にある天皇への、一片の私心なき忠誠心を指すのである。人間にとって、その存在そのものにかかわるべき基本的行為である「住む」という行動が、日本人にとってどういう意味をもっているのか、まずそのことを考えてみたいと思う。荒木博之(1976)は住むという行為自体が清浄志向の行動だという認識があると述べている。

欧米にあっては、「住む」ことは「生きる」こと「存在する」ことそれ自体としてとらえられていた。たとえば、英語のlive、ドイツ語のleben、フランス語のvivre、スペイン語のvivi、ポルトガル語のviver、イタリア語のvivere、ラテン語のvivoなどに見られるように、印欧諸国語にあっては、「住む」という語は「生きる」「生存する」という意味をもあわせてもっている。彼等にとっては、まことに「住む」ことは「生きる」ことそのものを意味していた。ある個人にとって、「生きている」こと自体が、すなわち「すんでいる」ことなのであった。

それに対して、日本人は「住む」ことをどのように観じていたのか。

結論から先にいってしまうならば、「住む」ことは日本人にとって、「済む」ことおよび、「澄む」ことと同様であった。

「澄む」ことは「済む」ことであり、そして静まりとどまること、

すなわち「住む」ことでなければならなかった。「住む」ことが「済む」ことであり、また「澄む」ことであるという言語史的事実は、日本人における「定住」がいかに漂泊の終りにあたえられるものであったかを、またいかに神聖共同体における神との同一化の行為であったかをまことに劇的に裏づけてくれる。

일본의 공동체는 성스러운 숲을 중심으로 한 신성무비한 폐쇄적 소우주인 것, 일본의 신이 그러한 극히 독자적인 공동체의 보필자로서 시현하는 공동체의 이론 그 자체라고도 말할 수 있는 존재인 것을 확인하면서 최종적으로 일본인이 지고의 가치를 두고 있던 '청정한 것'이란 근원적으로 무엇인가, 그 문제를 드디어 다루어 볼 때가 온 것 같다.

이미 아라키 히로유키(荒木博之, 1976)는 일본인에게 '유배지의 달을 바라본다'라는 행위가 맑고 깨끗한 달빛과 자신의 마음을 겹쳐 보면서 깨끗하고 사심 없는 천황에 대한 충성심을 확인하는 행위인 것을 논했다. 일본인의 청정지향의 태도는 근원적으로 모두 이 천황에 대해, 혹은 공동체의 이론에 대해 자기 부정적으로 환원할 수 있다고 하는 것이 아라키(荒木博之)의 입장이다.

『고지키(古事記)』, 센묘(宣命: 조칙, 칙서, 칙어 등) 등에 반복해 나타나는 '맑고 밝고 바른 마음'이란 확실히 이 공동체 이론의 정점에

있는 천황에 대한 한 치의 사심 없는 충성심을 가리키는 것이다. 인간에게 있어서 존재 그 자체와 관계되는 기본적 행위인 '살다(住む)'라는 행동이 일본인에 있어서 어떤 의미를 갖고 있는지 우선 그것을 생각해 보고 싶다. 아라키(荒木博之, 1976)는 '살다(住む)'라는 행위 자체가 청정지향의 행동이라는 인식이 있다고 말하고 있다. 구미에서 '살다(住む)'라는 것은 '살아가는(生きる)' 것, '존재하는 것', 그 자체로 파악되고 있다.

예를 들면 영어의 live, 독일어의 leben, 프랑스어의 vivre, 스페인어의 vivi, 포르투갈어의 viver, 이탈리아어의 viviere, 라틴어의 vivo 등에서 볼 수 있듯이 인구어족에서는 '살다(住む)'라는 말은 '살아가다(生きる)', '생존하다'라는 의미도 아울러 가지고 있다. 그들에게 있어서는 실로 '살다(住む)'라는 것이 '살아가다(生きる)'라는 것, 그것을 의미하고 있다. 어떤 개인에 있어서 '살아가고 있다(生きている)'는 것 자체가 즉 '살고 있다(住んでいる)'인 것이다.

그것에 대해서 일본인은 '살다(住む)'라는 것을 어떻게 생각하고 있을까?

결론부터 먼저 말한다면, '살다(住む)'라는 일본어 '스무'는 일본인에게 '스무(済む: 끝나다)' 및 '스무(澄む: 맑다)'와 동일하다.

'맑다(스무澄む)'는 '끝나다(스무済む)'이며, 그리고 조용히 머무르는 것, 즉 '살다(스무住む)'가 아니면 안 된다. '살다(스무)'라는 것이 '끝나다(스무)'이고 또 '맑다(스무)'라는 언어사적 사실은 일본인에게 '정주(定住)'가 얼마나 방랑한 끝에 주어지는 것인가를, 또 '정주(定住)'가 얼마나 신성공동체에서 신과의 동일화 행위이었는가를 실로 극적으로 뒷받침해 준다.

- 澄^すむ　　　맑다, 맑아지다
- 神聖^{しんせい}　　　성스러움
- 無比^{むひ}　　　아주 뛰어나서 비할 데가 없음
- 還元^{かんげん}　　　환원
- 裏^{うら}づける　뒷받침(증명)하다
- 漂泊^{ひょうはく}　　　유랑; 방랑; 떠돎

　集団論理と日本語についても「お疲れさま」「意地」「頑張る」「けなげ」「いじらしい」「つめる」などの日本語に（そのおのおのに対応されるとされた英語を鍵としながら）これらの語の奥深くにかくされている「日本的集団の影」を読みとろうとする。

　言語研究の立場から個人の欠如とまで言われる日本人の集団性を検討し、そのような集団モデルは日本語の本質的特徴とは相容れないことを明らかにする。もちろん、集団性を示唆すると思える現象が日本語に多いことは否定できないが、ここで論じる重要な点は、そのような現象の背後に、実は、英語などの西洋語以上に、個の意識に根ざした言語体系が存在するということである。

　私的自己と公的自己に関するこのような日英語の違いは、そのまま、日本語と英語の全体的な性格の違いを反映するものと思われる。日本語には私的自己を表す固有のことばはあるのに、公的自己を表す固有のことばがないということは、要するに、日本語は本来的に私的表現行為と密接に結びついた言語であると

いうことになる。つまり、日本語は本来的に非伝達的な性格をもつ言語だということである。しかし一方で、言語は伝達のためにも用いられなければなれないので、日本語としては、逆に、私的表現からは独立した、伝達専用のことばを豊富に発達させるに至っていると思われる。すなわち、日本語を特徴づけるとされる、様々な自称詞や対称詞、敬語表現(とりわけ丁寧語)、さらには、聞き手に対する発話態度をもつからこそ、逆にそれを補って伝達性をもたせるために存在していると考えられるわけである。

一方、英語には公的自己を表わす固有のことばはあるのに、私的自己を表す固有のことばがないということは、要するに、英語は本来的に公的表現行為と密接に結びついた言語であるということになる。つまり、英語は根本において伝達的な性格をもつ言語だということである。だからこそ英語では、小説などにおいて、伝達行為からは独立した人間心理の内面を描写するのに、自由間接話法(あるいは描出話法)と呼ばれる特別な文体が用いられたりする。自由間接話法の特徴は、簡単に言えば、語順やthis/here/nowのようないわゆる直示的表現などは直接話法のままにしておき、代名詞の人称と動詞の時制だけを間接話法化するところにある。英語のような西洋語でこの文体がいかに特別なものであるかは、それに関する文体論的研究が極めて多いことからも

推察<ruby>すいさつ</ruby>することができる(例えば、Banfield[1982], Fludernik [1993]など
を参照)。

집단논리와 일본어에 관해서도 '수고하셨습니다', '고집', '힘내다',
'씩씩하고 부지런함', '애처롭다', '채우다' 등의 일본어에(그 각각에
대응된다고 하는 영어를 키워드로 하면서) 이들 말 깊숙이 숨겨져
있는 '일본적 집단의 그림자'를 읽고 이해하려고 한다.

언어 연구의 입장에서 개인의 결여라고까지 말해지는 일본인의
집단성을 검토하고, 그와 같은 집단모델은 일본어의 본질적 특징과
는 양립하지 않는 것을 명백하게 한다. 물론 집단성을 시사한다고
생각되는 현상이 일본어에 많은 것은 부정할 수 없지만, 여기에서
논하는 중요한 점은 이 같은 현상의 배후에 실은 영어 등의 서양어
이상으로 개인의 의식에 뿌리박힌 언어체계가 존재한다는 것이다.

사적 자신과 공적 자신에 관한 이 같은 일본어와 영어의 차이점은
그대로 일본어와 영어의 전체적인 성격의 차이를 반영하는 것이라
고 생각된다. 일본어에는 사적으로 자신을 나타내는 고유한 말은 있
지만 공적으로 자신을 나타내는 고유한 말이 없다는 것은 결국 일본
어는 본래적으로 사적 표현행위와 밀접하게 결합된 언어라는 것이다.

즉, 일본어는 본래적으로 비전달적인 성격을 갖는 언어라는 것이
다. 그러나 한편으로 언어는 전달을 위해서도 사용되야 하므로 일본

어가 역으로 사적표현으로부터는 독립한 전달 전용의 언어를 풍부하게 발달시켰다고 생각된다. 즉, 일본어를 특징짓는 여러 가지 자칭사와 대칭사, 경어표현(특히 정중어), 또는 청자에 대한 발화태도를 갖기 때문에 역으로 그것을 보충해 전달성을 갖게 하기 위해서 존재하고 있다고 생각될 만도 하다.

한편, 영어에서는 공적 자기를 나타내는 고유의 말이 있는데 사적 자기를 나타내는 고유의 말이 없다고 하는 것은 결국 영어는 본래적으로 공적 표현행위와 밀접히 결부된 언어라는 것이 된다. 즉, 영어는 근본적으로 전달적인 성격을 갖는 언어라고 하는 것이다. 그래서 영어에서는 소설 등에 있어서 전달행위에서는 독립한 인간심리의 내면을 묘사하는데 자유간접화법(또는 묘출화법)이라 불리는 특별한 문체가 사용되거나 한다.

자유간접화법의 특징은 간단히 말하면 어순과 this/here/now와 같은 이른바 직시적 표현 등은 직접화법인 채로 두고 대명사의 인칭과 동사의 시제만을 간접화법화 하는 데 있다. 영어와 같은 서양어에서 이 문체가 얼마나 특별한 것일까는 그것에 대한 문체론적 연구가 지극히 많다는 것에서도 짐작할 수 있다(예를 들면 Banfield [1982], Fludernik [1993] 등을 참조).

❏ けなげ　　　씩씩하고 부지런함, 다기짐

❏ いじらしい　애처롭다

❏ 意地^{いじ}　　　고집, 오기

❏ 相容^{あいい}れない　서로 용납지 않다; 양립하지 않다

❏ 根ざす　　　뿌리내리다; 기인하다

❏ 補^{おぎな}う　　　　보충하다

❏ 描出^{びょうしゅつ}　　　어떤 대상이나 현상을 그림이나 글로 그려 냄

❏ 推察^{すいさつ}　　　미루어 살핌; 짐작

3.4. 受け身の美しさと没主体性
수동적인 아름다움과 몰주체성

　洋舞の動的律動美、絢爛たる自己主張の美しさに対する日本舞踊のそれは、静的艶麗の美しさであり、自己抑制のあえかさ、たおやかさであるだろう。

　　かきやりしその黒髪のすぢごとに
　　うち臥すほどは面影ぞ立つ

　有心体を歌道の理想とした藤原定家の歌である。こういった艶にしてあわれ濃き歌を作りえた日本人のデリカシーというものはとうてい欧米人のおよぶところではないだろう。受け身の文化にはまちがいなく受け身の文化独特の価値があり、そして真実があると思っている。

　行爲における受け身性ということは行爲の発動者においてその主体性が消失し欠落していることを意味している。交通事故の加害者が「こちらだって被害者だ」とするのは、加害者としての主

体性および責任がきわめて希薄にしか意味されていないというこ
とにほかならない。

　こういった没主体性を言語的にはっきりと映しているのが、「自
（みずか）ら」と「自（おのず）から」とであるだろう。「自（みずか）ら」
とは「自己の主体性において」ということであり、「自（おのず）か
ら」とは「自然発生的に」という意味である。この二つの違った内
容が同一の漢字「自」によって表意されている事実は、「みずから」
が「おのずから」と、すなわち個人の主体性行爲が、没主体性、
自然発生性とまったく同様にとらえられていることをもっとも
端的に示している例であるだろう。

　このような没主体性、新論理性をやはり映し出しているのが、
篠原一、板坂元氏らが指摘する日本語の「………なる」という言
葉であるだろう。「このたび外遊することになりまして」の例にお
いては外遊するという個人の主体性であるべき行爲が自然発生
的、没主体的行爲として受けとられる。「なり」という大和言葉
は「時が自然に経過してゆくうちに、いつの間にか、状態・事態
が推理して、ある別の状態・事態が現れ出る」（『古語辞典』岩波書
店）意であるからである。外遊はみずからの意志ではなく運命に
よって意志とは関係なく与えられた、いわば自然な成り行きに
よって生まれたものとしてとらえられる。第二次世界大戦当時、

退却を転進といい、敗戦を終戦といった日本軍部の心もまさに
こういった没主体的、「なる」の論理的行爲とひとつづきのところ
にあるといっていい。

서양 무용의 동적 율동미, 현란한 자기주장의 아름다움에 비해 일
본 무용의 아름다움은 정적이며 요염하고 아름다우며 자기 억제의
가냘픔, 우아함일 것이다.

누울 때 언제나 빗질해 준 그 검은 머리카락 한 가닥 한 가닥에
당신 모습이 보이는 것 같습니다
(여자의 검은 머리카락의 감촉을 생각해 내면서 그리움을 더해 가고
있습니다)

위의 와카는 유심체(심정과 말이 통일을 이루고 화려함 속에 쓸쓸
함이 엿보이는 요염한 서정미)를 와카의 미적 이념의 이상으로 생각
한 후지와라 사다이에(藤原定家)의 노래이다. 이러한 멋있고 짙은 정
취의 노래를 만들 수 있는 일본인의 섬세함에는 도저히 구미인이 미
치지는 못할 것이다. 수동적 문화에는 틀림없이 독특한 가치가 있고
진실이 있다고 생각한다.

행위의 수동성이라는 것은 행위의 발동자에게 주체성이 소실되고
결여되었음을 의미한다. 교통사고 가해자가 "이쪽도 피해자다"라고

하는 것은 가해자로서 주체성 및 책임이 극히 희박하다고 밖에 여겨지지 않는다.

이러한 몰주체성을 언어적으로 분명히 반영하고 있는 것이 '미즈카라(自(みずか)ら: 자기 자신, 스스로)'와 '오노즈카라(自(おのず)から: 저절로)'일 것이다. '미즈카라(自(みずか)ら)'는 '자기 주체성에 있어서'라는 것이고 '오노즈카라(自(おのず)から)'는 '자연발생적으로'라는 의미이다. 이 두 개의 다른 내용이 동일 한자 '자(自)'에 의해 표의(表意)되는 사실은 '미즈카라(自(みずか)ら)'가 '오노즈카라(自(おのず)から)'로, 이를테면 개인의 주체성 행위가 몰주체성, 자연발생성과 완전히 똑같이 받아들여지고 있는 것을 가장 단적으로 나타내는 예일 것이다.

이와 같은 몰주체성 신 논리성을 확실히 나타내고 있는 것이 시노하라 하지메(篠原一), 이타사카 겐(板坂元) 씨 등이 지적하는 일본어의 '……나루(なる: 되다)'라는 말일 것이다. "이번에 외유하게 되었습니다."의 예에서는 '외유한다.'라고 하는 개인의 주체성이 있어야 하는 것이 행위 자연발생적, 몰 주체적 행위로서 받아들여진다. '나리(なり: 되다)'라는 야마토 말에는 '시간이 자연히 경과해 가는 사이에 어느샌가 상태·사태를 추리하여 어떤 다른 상태·사태가 나타난다.'라는 뜻이 있기 때문이다. 외유는 스스로의 의지가 아닌 운명에 의해 의지와는 관계없이 주어진, 말하자면 자연스러운 추이에 의해 생겨난 것으로 받아들여진다. 제2차 세계대전 당시 퇴각을 전진이라 말하고 패전을 종전이라 말한 일본군부의 생각도 확실히 이러한 몰 주체적 '나루(なる: 되다)'의 논리적 행위와 연결되어 있다고 말해도 좋다.

✎ 語彙・表現ボックス

- 希薄 　　　희박
- 潜在 　　　잠재

第四章.

日本語と日本文化
일본어와 일본 문화

「以上、簡単でありますが、思うところの一端^{いったん}を申し述べまして…」ー日本人の式辞^{しきじ}や演説^{えんぜつ}の結びに出てくるキマリ文句^{もんく}です。しかし、話し手は本気であやまっているわけでもないし、またあやまる必要もありません。簡単に終わると聴衆^{ちょうしゅう}はホットしています。

パブリック・スピーキングの独演^{どくえん}は、セレモニーであって(あってもらいたく)，実質のあるものでは困る、という意識が日本人には潜在^{せんざい}しています。

欧米人^{おうべいじん}になると、その点がどうも違うようです。

ギリシャやローマを源^{みなもと}とする欧米文化の中には、論理(ロジック)と修辞^{しゅうじ}(レトリック、述べ方、説き方)という二本の柱^{はしら}がふくまれています。

日本の伝統^{でんとう}にはそれがありませんでした。考えつめても詮^{せん}なきこと、口を開いても結局はむなしいこと……という、あきらめの哲学^{てつがく}が思考や表現についても存在しました。現代に生^いきる我々自身^{われわれじしん}の心のなかをのぞき込^こんでみても、この哲学の存在をた

しかに見出すことができます。

　書くことも語ることも、しょせんは無効・無力ないとなみではないが……最後につきあたるのはその考え方です。「言わぬが花」は長くつづいている日本流の哲学です。「もの言えばくちびる寒し」は消極的だと非難されても、とかく人の世はそんなものだというあきらめを、心の中から追い出すことは困難です。

　そのあきらめの上に腰をすえるようになると、"わけ知り"の境地に達したと見られ、事実、わけ知りの「もの言わぬ」コミュニケーションが人間関係の調整に役立ち、世の中をなめらかに動かすことも多いのが日本です。

“이상, 간단하게나마 생각한 것의 일부분을 말씀드렸습니다만”—일본인의 식사와 연설의 끝맺음에 나오는 틀에 박힌 문구입니다. 그러나 화자는 진심으로 사과하고 있는 것도 아니고, 또 사과할 필요도 없습니다. 간단하게 끝나면 청중은 안심합니다.

　공공 연설의 독연은 세레머니이며(세레머니였으면 좋겠고), 실질적이어서는 곤란하다는 의식이 일본인에게 잠재하고 있습니다.

　구미인에게는 그 점이 아무래도 다른 것 같습니다.

　그리스나 로마를 기원으로 하는 구미 문화에는 논리(logic)와 수사

(rhetoric: 말하는 방법, 설득하는 방법)라는 두 개의 기둥이 포함되어 있습니다.

일본의 전통에는 그것이 없었습니다. 끝까지 생각해 보아도 부질 없는 일, 말을 해도 결국은 허무한 일⋯⋯이라는 체념의 철학이 사고나 표현에 관해서도 존재했습니다. 현대에 사는 우리 자신의 마음 속을 들여다봐도 이 철학의 존재를 분명히 찾아낼 수 있습니다.

쓰는 일도 말하는 일도 결국은 무효·무력한 행위는 아니지만, 마지막에 이르는 것은 그 생각입니다. "말은 다 입 밖에 내지 않는 것이 낫다"는 오랫동안 계속되고 있는 일본류의 철학입니다. "공연히 쓸데없는 말을 하면 화를 자초한다, 남의 험담을 하면 뒷맛이 개운치 않다"는 소극적이라는 비난을 받아도, 아무튼 세상은 그런 것이라는 체념을 마음속에서 내쫓는 것은 곤란합니다.

그 체념이 확실히 자리를 잡으면 "세상 물정에 밝은" 경지에 이르 렀다고 보여 사실 세상 물정에 밝은 사람의 '말하지 않는' 커뮤니케이 션이 인간관계의 조정에 도움이 되어 세상을 순조롭게 움직이는 것도 많은 것이 일본입니다.

❑ 言わぬが花　　　　　　말은 다 입 밖에 내지 않는 것이 낫다

　　　　　　　　　　　　はっきり言わない方が味がある。

❑ もの言えば唇寒し秋の風　공연히 쓸데없는 말을 하면 화를 자초한다,

　　　　　　　　　　　　남의 험담을 하면 뒷맛이 개운치 않다

❑ のぞき込む　　　　　　얼굴을 내밀면서 들여다 보다

❑ 追い出す　　　　　　　내쫓다, 몰아내다

❑ わけ知り　　　　　　　세상 물정이나 인정에 밝음,

　　　　　　　　　　　　또는 그런 사람

　とにかく、口を開く以上は、本気で人に説明し、本気で説得しようという気がまえが欧米にはあります。「わからせずにはおかぬ」という気がまえが身についています。

　話し手が本気なら聞き手も本気です。コミュニケーションがねちっこく、熱っぽく、かつ、彫りの深いものになります。

　日本人は、あっさりしていて、底が浅く、ダイナミックではありません。「説得」の迫力にも欠けるし、「説得」はヘタです。"討論"とか"話し合い"とか称しても、相手かまわず、独白をしている人が多いのも日本的な風景です。

　聞き手にまわっても、当然、その状態は共通していて、「わかりやすい」話や、「内容のある」話を求める気持は強くありません。むしろ、呪文のような文句でケムに巻いてくれる学者や評論家が有難がられるありさまです。

　民主主義の時代に、討論が上達せず、演説の量と質が反比例して貧弱な演説ばかりふえていくのは、日本人が、積極的に他人

の心にはたらきかけ、コトバで他者を操縦（そうじゅう）しょうとする人間では
ないからです。「誠心誠意（せいしんせいい）、理屈抜き（りくつぬ）で話し合え」というのは日本
人の得意の文句ですが、「誠心誠意」を強調するのは、道徳好（どうとくこの）み
の現れで、「理屈抜き」は、論理をうるさがる成分とつながりま
す。「誠意（せいい）をもって」と並んで「スジミチ立てて」とか、「技術（ぎじゅつ）をく
ふうして」という考え方が登場（とうじょう）しないのは、前述したロジックと
レトリックを二本（にほん）の柱（はしら）とする欧米文化との基本的な差別（さべつ）によるも
のでしょう。

　要するに、日本人のコミュニケーションは、「わからせる」こと
を通（つう）じて「人を動かし」たり「問題を解決（かいけつ）し」たりするコミュニケー
ションになっていません。口を動かすこと即（そく）コミュニケーション
という錯覚（さっかく）の上に立ったものです。「じょうずに話せ」というと
「すなおに話せばそれでいい」という反発（はんぱつ）がおきやすいのは、話す
ことを、わからせ、解決するための手段として見る認識（にんしき）が浅（あさ）いこ
とを物語ります。

　어쨌든 말을 하는 이상, 진심으로 상대방에게 설명하고, 설득하려
는 자세가 구미에는 있습니다. "이해시키지 않고서는 그냥 두지 않는

다."라는 각오가 몸에 배어 있습니다.

화자가 진심이라면 청자도 진심입니다. 커뮤니케이션이 끈질기고 열정적이며 윤곽이 뚜렷한 것이 됩니다.

일본인은 시원시원하고 깊이가 얕고 다이내믹하지는 않습니다. '설득'의 박력도 부족하고, '설득'은 서투릅니다. 토론이라든지 대화라든지 칭해도 상대를 상관하지 않고 독백을 하고 있는 사람이 많은 것도 일본적인 풍경입니다.

청자의 차례가 되어도 당연히 그 상태는 공통되어 있고 '알기 쉬운' 이야기나 '내용이 있는' 이야기를 요구하는 기분은 강하지 않습니다. 오히려 주문과 같은 문구로 현혹시키는 학자나 평론가가 존중받는 상태입니다.

민주주의 시대에 토론이 능숙해지지 않고 연설의 양과 질이 반비례해 빈약한 연설만 늘어 가는 것은 일본인이 적극적으로 타인의 마음에 작용하고 말로 다른 사람을 조종하려고 하는 인간이 아니기 때문입니다. "성심성의, 이치를 따지지 않고 서로 이야기하자"라는 것은 일본인의 득의양양한 문구입니다만 '성심성의'를 강조하는 것은 도덕을 선호하는 현상이며, '이치를 따지지 않기'는 논리를 귀찮아하는 성분과 연결됩니다. '성의를 가지고'라든가 '조리를 세워'라거나 '기술을 궁리하여'라는 사고방식이 등장하지 않는 것은 전술한 논리와 수사학이라는 두 개의 기둥을 중심으로 하는 구미문화와의 기본적인 차별에 의한 것입니다.

요컨대 일본인의 커뮤니케이션은 '이해하게 하다'를 통해 '사람을 움직이'거나 '문제를 해결하'거나 하는 커뮤니케이션이 되어 있지 않습니다. 입을 움직이는 일이 즉 커뮤니케이션 이라고 하는 착각에서 있는 것입니다. '능숙하게 말해라'라고 하면 '솔직하게 말하면 그걸로 괜찮다'라고 하는 반발이 일어나기 쉬운 것은 말한 것을 이해시켜 해결하기 위한 수단으로서 보는 인식이 얕다는 것을 이야기하고 있습니다.

✎ 語彙・表現ボックス

❏ なめらか	매끄러운 모양
❏ 筋道	사리, 절차
❏ 工夫	여러 가지로 궁리함; 고안함
❏ ロジック [logic]	논법, 논리
❏ レトリック [rhetoric]	수사법, 수사학
❏ フレーズ [phrase]	구(句), 성구(成句), 음악에서는 악구(楽句)
❏ 柱	기둥, 또는 기둥이 되는 사람(물건)
❏ 即	즉

「いたわる」文化
위로하는 문화

　「私の日本語がまちがっていても、日本人は遠慮して、なおして
くれません。だから、なかなか日本語がうまくなりません」―ある
若いドイツ人がこう言いました。さもありなん。日本人なら、多
くの人が思いあたる、自分自身の行動様式ではないでしょうか。

　「だって、悪いもの」―それが日本人の釈明です。相手に対して
悪い、相手を困らせる、傷つける、ハジをかかせる………それら
は何よりも避くべきことです。

　つまり、相手をいたわるのです。いたわりの心の深さにかけ
て、日本人は他に誤るべきものを持っていそうです。それは美徳
ですが、「争わない」「遠慮する」「ひきさがる」ことが多すぎると、
美徳とばかりは言えなくなりそうです。

　日本人にとって、「カドが立つ」ことは悪徳です。「カドが立たな
いように」言い、行うことに、日本人はしきりに意を用います。

　築島謙三氏は、日本人の意識の特色の一つは、「自分を他者の
立場におく心」だと言いました。日本人の伝統的な文化は「察し」

の文化であり、言葉のやりとりをすくなくしようとする文化であって、行動の基準を他者の心に求める人間たちの生み出したものでした。他者の心を本位にすれば、自己主張をするにしても、相手の感情をいたわりながら、やわらかく言い分を通すのが最良のやり方と考えられてくるのでしょう。

「そっちにも言い分があろうが…」「あなたの考えはごもっともですが…」こういう譲歩の表現は、だれでも使いがちですが、日本人の場合は、まずとりあえず、こういうフレーズを投げ掛けることからはじまることが特に多いようです。

つまり、きらわれぬように、うらまれぬように、傷つけぬように、という配慮が優先します。一人間がマナーやエチケットを生み出した基盤を考えれば、それは当然のことですが、しかし、ヨーロッパ人に向かって、「やわらかい主張」を心がけすぎても成功しないようです。

「へこみやすい」心を持った日本人と、「へこまぬ」心を持った西洋人では、反応のしかたがちがうからです。断乎として主張する、ガンと一発くらわせる………そうでないと西洋人に対しては効果のないことがあります。

日本人は、相手をいたわると同時に、自分がきずつくことを恐れます。どちらにしても「やさしい」民族です。

"제 일본어가 틀려도 일본인은 조심하여 고쳐주지 않습니다. 그래서 좀처럼 일본어가 능숙해지지 않습니다."— 어떤 젊은 독일 사람이 이런 말을 했습니다. 당연히 그럴 것이다. 일본인이라면 많은 사람이 짐작하는 자기 자신의 행동양식이지 않습니까.

"하지만 미안한 걸"—그것이 일본인의 해명입니다. 상대에 대해 나쁘게, 상대를 곤란하게 하는, 상처 입히는, 창피를 당하게 하는……그런 것들은 무엇보다도 피해야만 하는 것입니다.

즉, 상대를 위로하는 것입니다. 위로하는 마음 깊이에 일본인은 그 밖에 사과해야 할 것을 가지고 있는 것 같습니다. 그것은 미덕입니다만 '다투지 않는', '사양하는', '물러나는' 일이 너무 많으면 미덕이라고 만은 말할 수 없어지게 됩니다.

일본인에게 있어 '모가 나다'는 것은 악덕입니다. '모가 나지 않도록' 말하고 행동하는 것에 일본인은 매우 마음을 쓰고 있습니다.

쓰키시마 켄조(築島謙三)는 일본인의 의식의 특색의 하나는 '자신을 다른 사람의 입장에 두는 마음'이라고 말했습니다. 일본인의 전통적인 문화는 '살펴 헤아림'의 문화이며, 말을 주고받는 것을 적게 하려고 하는 문화로 행동의 기준을 다른 사람의 마음에서 구하는 사람들이 낳은 것이었습니다. 타자의 마음을 본위로 한다면 자기주장을 한다 하더라도 상대의 감정을 달래면서 부드럽게 주장하고 싶은 말을 관철하는 것이 가장 좋은 방법이라고 생각되어지는 것입니다.

"그쪽에도 주장하고 싶은 말이 있겠지만…", "당신의 생각은 지당하지만…" 이런 양보의 표현은 누구라도 자주 쓰고 있습니다만 일본인의 경우는 우선 일단 이런 문구를 제시하는 것부터 시작하는 사례가 특히 많은 것 같습니다.

즉 미움 받지 않도록, 원망 받지 않도록, 상처 입히지 않도록 하는 배려가 우선합니다.—인간이 매너나 에티켓을 만들어 내는 기반을 생각하면 그것은 당연한 것이지만 유럽인에게는 '부드러운 주장'이 너무 지나쳐도 성공하지 않는 것 같습니다.

'물러서기 쉬운' 마음을 가진 일본인과 '물러서지 않는' 마음을 가진 서양인과는 반응의 방법이 다르기 때문입니다. 단호하게 주장하는, 한 방 먹이는………그렇지 않으면 서양인에 대해서는 효과가 없는 것이 있습니다.

일본인은 상대를 위로하는 동시에 자신이 상처 입는 것을 두려워합니다. 어쨌거나 '친절한' 민족입니다.

✎ 語彙・表現ボックス

□ 思いあたる	마음에 짚이다	□ 恥をかく	창피를 당하다
□ ひきさがる	물러나다	□ カドが立つ	모가 나다
□ しきりに	매우	□ 察し	살피다, 헤아리다

4.4. 「ひかえる」文化
조심하는 문화

　「謙譲の美徳」は、儒教が日本人に教えたものといわれています。だから、儒教的な意識を克服することによって自己主張のはっきりした日本人を生み出すことができるという見方もさかんでした。しかし、儒教の渡来以前に、すでに、日本人の民族性の基本(コア・パーソナリティー)は形づくられていたと、文化人類学的な立場から、石田英一郎氏は見ています。

　この見方によれば、弥生時代の稲作農耕文化形式とともに日本人の基本性格は作られたと思われ、それは、おとなしく、ひかえめで、強い自己主張などをしないものだった、とされます。そういう土台があるところへ儒教や仏教が伝来したので、日本人にしてみれば、それらのおしえた"消極哲学"が、受け入れやすく、根を張りやすかった、というのです。

　自己抑制を忘れた人間は、「ずうずうしい」という非難をこうむりやすく、「おっちょこちょい」と見られることさえあります。自分の長所を自分で言明することは「売り込む」行為で、「いやらし

い」と評されます。

　長い間、謙遜することを規範としてきたためか、少しでもそれに反する言動をする場合は、反射的に「言いわけ」が出てきます。たとえば、「自慢で言うわけではないが」「自慢のように聞こえるかもしれませんが」のような前置きによって、「売り込み」「押し出し」を中和しようとします。

　겸양의 미덕은 유교가 일본인에게 가르친 것이라고 알려져 있습니다. 그래서 유교적인 의식을 극복함으로써 자기주장이 확실한 일본인을 만들어 낼 수 있다는 견해도 활발했습니다. 그러나 유교의 도래 이전에 이미 일본인의 민족성의 기본(Core · Personality)이 형성되었다고 문화인류학적인 입장에서 이시다 에이지로(石田英一郎)씨는 보고 있습니다.

　이 견해에 따르면 야요이(弥生)시대의 벼농사 농경문화형식과 함께 일본인의 기본성격은 만들어졌다고 생각되고, 그것은 온순하고, 조심스럽고, 강한 자기주장 등을 하지 않았다고 보입니다. 그러한 토대가 있는 곳에 유교나 불교가 전래되었기 때문에 일본인으로서는 유교나 불교가 가르치는 '소극 철학'이 받아들이기 쉽고, 뿌리를 내리기 쉬웠다는 것입니다.

자기 억제를 잊어버린 인간은 '뻔뻔스럽다'라는 비난을 받기 쉽고, '경박한 사람'이라고 보이는 경우마저도 있습니다. 자신의 장점을 스스로 언명하는 것은 '알리는' 행위로 '불쾌감이 든다'고 평가됩니다.

오랫동안 겸손한 것을 규범으로 해 왔기 때문인지 조금이라도 거기에 반하는 언동을 하는 경우는 반사적으로 '변명'이 나옵니다. 예를 들면 "자랑으로 말하는 것은 아니지만", "자랑처럼 들릴지도 모릅니다만"과 같은 서론에 의해서 '알리기', '여러 사람 앞에서 자기를 과시 하기'를 중화하려고 합니다.

✎ **語彙・表現ボックス**

❑ おとなしい	온순하다
❑ ひかえめ	소극적임
❑ ずうずうしい	뻔뻔스럽다
❑ おっちょこちょい	경박함, 또는 그런 사람
❑ 売り込む	(잘 선전해서) 팔다

「修める」文化
수양하는 문화

　外に向かって自己を表現せず、強い自己主張をひかえる文化、他者とのコミュニケーションに不熱心な文化の持ち主である日本人は、したがって、「内にこもる」文化の持ち主です。自分の心のなかでいろいろのことを反対するし、自己コミュニケーションをつづけます。そこからさらに進んで、「内を掘りさげる」「自己を深める」ことを美徳としてきました。"不言実行"の哲学もそこに連なる面も持っています。

　「清く正しく」は日本人好みの文句です。日本人の道徳水準が客観的に見て高いかどうかは別として、日本人のタテマエとしては、道徳的であることはすこぶる大事なことです。

　「格言」や「訓話」から教えを受けることを好むのも、伝統的に日本人には強い傾向でした。

　いまでも「日めくり」という種類のカレンダーを方々の家庭や職場で見かけますが、その中に「大安、先勝、仏滅…。」などと並んで、一日一句ずつ、格言・金言の類をかかげるものがあり、

その種の日めくりはなかなか隠然たる努力を誇るようです。

　その格言を見ると、さながら、日本人の伝統的メンタリティーの索引の観を呈しています。

　「誠実と勤勉を心の友とせよ」「生きた仕事がものを言う」「一事を怠る人は万事を怠る」「役立ってこそ生ける甲斐」「信用は無形の財産」…。清く正しく、世のため人のため、の哲学が断然優勢です。さらに、「悪人の勝利はただ一時のみ」という勧善懲悪調もあれば、「手のとどかないものは取ろうとするな」「高慢は出世の行き止り」といった消極哲学、ひかえ目な教えもあります。

　「辛抱する木に金がなる」「堪忍は無事長久の基」「苦難の中また無限の楽あり」―苦労し我慢することこそ美徳です。同時にそれは将来の利益につらなります。〝修身とソロバン（実利）の二重構造〟的メンタリティーに沿い、それを助長する格言です。

　ひたすら、「まじめ」に、自己の修養につとめる姿勢こそ尊ばれました。社会変動によって人々のメンタリティーがいくつにも分裂・多様化してきた今日でも、若い世代の何割かは「ためになる」尊重派であり、「自分を見つめる」「自己を深める」志向派です。

　こうした道徳重視によって、思考や行動の結果よりも、動機を重視する傾向が長い間に固まっています。「心情的には」どうだというのが人物や行動を評価する大きな標準です。そのために論理

や技術が軽視されたり大局（たいきょく）が見失（みうしな）われたりすることも少なくありません。

その生き方と、他人の気持を大事にし「恩（おん）」を尊重する態度が重（かさ）なると、行動の標準は、もっぱら、他人との間の情緒的（じょうしょてき）な関係に置かれるようになります。そんな状態を「浪花節的（なにわぶしてき）」と称（しょう）して、一部の日本人は自嘲（じちょう）しますが、自嘲（じちょう）の対象になる事実そのものはなかなか根強（ねづよ）いものです。

외부를 향해 자기를 표현하지 않고 강한 자기주장을 억제하는 문화, 타인과의 커뮤니케이션에 열성이 없는 문화의 소유자인 일본인은 따라서 '안에 틀어박히는' 문화의 소유자입니다. 자신의 마음속에서 여러 가지를 반대하기도 하고 자기 커뮤니케이션을 이어갑니다. 거기서부터 더욱 진전되어 '내부를 파헤치는', '자기를 심화하는' 행위를 미덕으로 여겨 왔습니다. 말없이 실행하는 철학도 그것과 관련된 면을 가지고 있습니다.

'맑고 바르게'는 일본인이 좋아하는 문구입니다. 일본인의 도덕수준이 객관적으로 봐서 높은지 어떤지는 별개로 하더라도 일본인의 원칙으로서는 도덕적인 것은 대단히 중요한 것입니다.

격언과 훈화에서 가르침을 받는 것을 선호하는 것도 전통적으로 일본인에게는 강한 경향이었습니다.

지금도 '하루 한 장씩 떼는 달력'을 여기저기의 가정과 직장에서 발견할 수 있습니다만, 그 안에 다이안(大安: 길일), 센쇼(先勝: 급한 일, 송사 등이 오전 중이 길한 날), 부쓰메쓰(仏滅: 흉일) 등과 나란히 하루 한 구씩 격언·금언의 종류를 게재하는 것이 있고, 그런 하루 한 장씩 떼는 달력은 상당히 은연한 노력을 자랑하고 있습니다.

그 격언을 보면 마치 일본인의 전통적 멘탈리티(mentality: 지성, 지력)의 색인 관을 나타내고 있습니다.

'성실과 근면을 마음의 친구로 해요', '생동적인 일이 효과가 있다', '하나를 게을리 하는 사람은 만사를 게을리 한다', '도움이 되는 것이야말로 살아가는 보람(가치)가 있다', '신용은 무형의 재산'……. 맑고 바르게 세상을 위한 사람을 위한 철학이 단연 우세입니다. 게다가 '악인의 승리는 단지 한시적일뿐'이라는 권선징악조도 있고 '손이 닿지 않는 것은 취하려고 하지마라', '교만은 출세의 막다른 곳'이라는 소극철학, 조심스러운 가르침도 있습니다.

'인내하는 나무에 금이 맺힌다', '인내는 무사장구의 기본', '고난 중에도 또한 무한의 낙이 있다'—고생하고 인내하는 것이야말로 미덕입니다. 동시에 그것은 장래의 이익으로 이어집니다. '수신과 실리의 이중구조'적 멘탈리티에 따라서 그것을 조장하는 격언입니다.

오로지 '진지하게' 자기의 수양에 힘쓰는 자세야말로 중요시되었습니다. 사회변동에 따라 사람들의 멘탈리티가 여러 갈래로 분열·다양화해진 오늘날에도 젊은 세대의 몇 할인가는 '이익이 되는' 존중파이며 '자신을 들여다보는', '자기를 심화하는' 지향파입니다.

이러한 도덕중시에 따라 사고와 행동의 결과보다도 동기를 중시하는 경향이 오랜 시간 굳어져 있습니다. '심정적으로는' 어떠하다는

것이 인물과 행동을 평가하는 큰 표준입니다. 그 때문에 논리와 기술
이 경시되거나 대세를 놓치게 되는 일도 적지 않습니다. 그 생활태도
와 타인의 기분을 중요시하여 은혜를 존중하는 태도가 겹쳐지면 행
동의 표준은 오로지 타인과의 사이의 정서적인 관계에 놓이게 됩니
다. 그런 상태를 '나니와부시(浪花節: 보통 의리나 인정을 노래한 대
중적인 창)'적이라고 칭하여 일부의 일본인은 자조합니다만, 사실 그
것은 꽤 뿌리 깊은 것입니다.

✎ 語彙・表現ボックス

❏ 持ち主	소유자
❏ すこぶる	대단히; 몹시
❏ さながら	≪副詞「さ」＋接続助詞「ながら」から≫ 흡사
❏ 呈する	바치다; 나타내다
❏ つらなり	나란히 줄지어 있음
❏ ひたすら	오로지; 한결같이
❏ とうとぶ	공경하다; 존중하다

「ささやかな」文化
자그마한 문화

　いまは山中いまは浜、いまは鉄橋渡るぞと……。これが日本の車窓風景です。車窓から見る日本の地形は、こまかく、微妙に変化していきます。東京の都内をとっただけでも、西谷・赤坂・お茶の水・駿河台・青山・中野・萩窪・池袋・沼袋……と、変化にとんだ地形を示唆する地名はいくらでも拾えます。

　このようなことから、日本人の抱く自然像といえば、スケールが小さく、その中がキメこまかく多様に分かれて、人間に密着して平和に共存している自然の姿です。

　日本の新年のあいさつは、言うまでもなく、「開けましておめでとうございます」ですが、ここには、少し誇張して言えば、日本人の宇宙観が顔をのぞかせています。

　神を超自然と見ない日本人は、さらに、鬼や悪魔をも、人間と断絶した存在とは見ていません。鬼を引用したタトエやコトワザは日本にたくさんありますが、「鬼も十八、番茶も出ばな」をはじめ、鬼は、おそるべきものよりは、親しみやすい、愛嬌のある

存在と見られているのが特色です。

　たとえば、これは落語ですが、ドモリの人が年男をつとめて、「福ワ―ア内イ、オ、オ、オ、オ……」とつっかえてしまたら、戸口のあたりで聞いていた鬼が、「オイ、あれは一体、入ったらいいのか出たらいいのか、どっちなんだい?」と促進したといいます。

　『古今著聞集』という昔の本では「鬼は物言ふことなし」となっていますが、鬼が物言うこの話になると、おそろしくてたまらないはずの鬼も、何となく愛敬のある存在になっています。

　このように、人間と対立する存在を考えるより、すべてのものを人間と並列・連続せしめる見方に、日本人は慣れされてきました。

　文化人類学者クラックホーン(C.Kluckhohn)の分類に従えば、日本人は、Man-in-Natureすなわち自然と調和するタイプに属すると見られますが、多くの事実がこの見方を裏づけます。

　これらのことに連なって、もしくはもとづいて、一体に、日本人は「ささやか」なものを愛します。

　日本人は、「大河小説」を産み出すことも少なく、「小きざみ」「小間切れ」に世界を見、ものごとを考えます。外山滋比古氏のいわゆる「シマの言語」「点的論理」は、このような性格をふくむものと考えてよいでしょう。

　歌舞伎の大作も、「通し狂言」と上演するよりも名場面だけ抜

き出して「さわり」を楽しむことが好まれます。

キリスト教の伝統の中では、永遠こそが大事であって、瞬間というのはそれほど重大な意味をもたない。しかし、日本では瞬間というものがもつ意味は大きい。日本でスナップ写真がさかんなのはそのことと関係している。

スナップ写真というのは、その対象が一本の木であろうと何であろうと、その存在の瞬間を詩的に描き出す、目で見る俳句なのである。

「あらむつかしや問答は無益」のように徹底討議をうるさがる気持と、「日本人の論理構造」で坂元氏によって日本語の特徴的語句として指摘された「いっそ」「どうせ」などの愛用・常用も、深く関連しています。

지금은 산속, 지금은 바닷가, 지금은 철교를 지난다. 이것이 일본의 차창 풍경입니다. 차창에서 보는 일본의 지형은 작고, 미묘하게 변화해 갑니다. 동경 도내를 살펴보아도 니시다니(西谷)·아카사카(赤坂)·오챠노미즈(お茶の水)·스루가다이(駿河台)·아오야마(青山)·나가노(中野)·오기쿠보(荻窪)·이케부쿠로(池袋)·누마부쿠로

(沼袋) 등 변화가 많은 지형을 시사 하는 지명은 얼마든지 찾아낼 수 있습니다.

이런 것에서 일본인이 품고 있는 자연상이라고 한다면 스케일이 작고 그 안이 세밀하고 다양하게 나뉘어져 인간에게 밀착하여 평화롭게 공존하고 있는 자연의 모습입니다.

일본의 신년 인사는 말할 필요도 없이 '아케마시테 오메데또 고자이마스(開けましておめでとうございます)'이지만 여기에서는 약간 과장해서 말하면 일본인의 우주관을 엿볼 수 있습니다.

신을 초자연이라고 보지 않는 일본인은 더욱이 귀신이나 악마도 인간과 단절된 존재로 보지 않습니다. 귀신을 인용한 예나 속담은 일본에 많이 있는데, '못생긴 여자도 한창 때는 예쁘다, 질 낮은 엽차도 갓 다린 것은 맛이 좋다(鬼も十八、番茶も出ばな)'를 비롯해 귀신을 무서워해야 할 것이라기 보단 친밀감을 느끼기 쉬운 애교 있는 존재로 받아들이고 있는 것이 특색입니다.

예를 들어 이것은 만담이지만 말을 더듬는 사람이 도시오토코(年男: 입춘 전야에 신사 등에서 액막이 콩을 뿌리는 일을 맡은 그해의 간지(干支)에 태어난 남자) 역할을 맡아서 "복은 아아안 오, 오, 오, 오……"라고 말문이 막혀버렸다면 대문 근처에서 들은 귀신이 "어이, 그건 대체 들어가면 좋은 거냐 나오면 좋은 거냐 어느 쪽이야?"라고 재촉했다고 합니다.

『고콘죠몬쥬(古今著聞集)』라는 옛 책에는 '귀신은 말을 입 밖에 내는 일이 없다'라고 되어 있지만, 귀신이 말을 하는 이런 이야기가 되면 무서워서 견딜 수 없는 귀신도 어딘지 모르게 귀염성 있는 존재가 됩니다.

이처럼 인간과 대립하는 존재를 생각하는 것보다 모든 것을 인간과 병렬·연속시키는 관점에 일본인들은 익숙해졌습니다.

문화인류학자 크락혼(C.Kluckhohn)의 분류에 따르면 일본인은 Man-in-Nature, 즉 자연과 조화하는 타입에 속한다고 보이는데, 많은 사실이 이 견해를 뒷받침합니다.

이러한 것과 관련하여 혹은 근거해서 대체로 일본인은 '자그마한' 것을 좋아합니다.

일본인은 대하소설을 만들어 내는 일도 적고 '잘고' '짧막하게' 세계를 보고 사물을 생각합니다. 도야마(外山滋比古)의 이른바 '섬나라 언어' '점적논리'는 이 같은 성격을 포함하는 것이라고 생각해도 좋을 것입니다.

가부키 대작도 처음부터 끝까지 쉬지 않고 공연하는 것보다도 명장면만 빼내서 '이야기의 긴요한 대목'을 즐기는 것을 좋아합니다.

기독교의 전통 속에서는 영원이야말로 중요하고, 순간이라는 것은 그다지 중대한 의미를 지니지 않는다. 하지만 일본에서는 순간이 지닌 의미가 크다. 일본에서 스냅사진이 번성한 것은 그것과 관계가 있다.

스냅사진이라는 것은 그 대상이 한 그루의 나무든지 무엇이든지 그 존재의 순간을 시적으로 그려내는 눈으로 보는 하이쿠인 것이다.

'어머나 까다롭구나 문답 무익'과 같이 철저하게 토의를 귀찮아하는 마음과 『일본인의 논리구조』에서 사카모토(坂元)가 일본어의 특징적 어구로 지적한 '차라리', '어차피' 등을 애용하거나 상용하는 것과도 깊게 연관되어 있습니다.

❏ 年男
としおとこ
입춘 전야에 신사 등에서 액막이 콩을 뿌리는 일을 맡은

그해의 간지(干支)에 태어난 남자

❏ 番茶
ばんちゃ
질이 낮은 엽차

❏ 通し狂言
とおしきょうげん
서막부터 끝까지 쉬지 않고 하는 교겐(狂言)

❏ さわり
한 곡목 중에서 주안으로 삼는 제일 좋은 곳

; 이야기의 긴요한 부분

「流れる」文化
흘러가는 문화

　人生を旅と観ずる思想－それは日本人には至ってなじみやすい
ものです。

　芭蕉の「奥の細道」などに代表される紀行文学が日本の読者の
センチメントを誘いやすいのも、つきつめれば共通の心理基盤に
よるものでしょう。

　一高寮歌の「花さき花はうつろひて……」のように、「うつろう」
といる単語の語感は、日本人の美学にぴったりです。自然の変化
する過程と人生のプロセスとが日本人の脳裏では二重写しになり
やすいのです。

　こういうことは、多くの日本人にとってそれほど耳新しいもの
ではありませんが、ヨーロッパ人には、案外のみ込みにくいもの
らしいのです。英語のtrip、travel、ドイツ語　reise……など、旅行
を意味する単語と、日本語のタビ(旅)とでは、意味内容が(少なく
とも語感、情緒的内包が)ズレていると見なければなりません。

　ものごとの「うつろい」に美を見出す日本人にとっては、過去に

こだわらず、既往を問わず、過ぎたことは水に流す……ことが、美徳でもあり、美的センスから見てもカッコイイことです。反面、「しつこい」ことは悪徳です。カッコよくもありません。

　熱しやすくさめやすい-これは日本人の欠点だと日本人自身がよく言います。　この欠点(とされているもの)は、しかし、他のもろもろの美徳(とされているもの)と表裏の関係をなしていて、容易に変わらないものかもしれません。

　容易に変わらないとすれば、日本社会には、その瞬間は人々を熱狂させ、浮き足立たせても、過去を去ってしまうと無意味だったと感じられるような、底の浅いムーブメントが、くり返されていくのかもしれません。

　中村菊男氏によって「台風型政治体質」を指摘された国民にふさわしく、たしかに日本は"一過性"の動きが多い国のようです。

　「時がたてば」事態は変る、だから待てばいいのです。日本の春は汽車も電車も止まってしまうのが通例で、ただでさえ、頭に来やすい春の心理を一段といら立たせますが、いつの間にか、世間には、"スト慣れ"ということばが生まれました。ストの論理的・法律的な是非を問うでもなく、技術的な巧拙を論ずるでもなく、台風と同じような天然現状として迎え、「やり過ごす」ことに人々は専念します。それが一番、事態を「荒立てない」やり方に

なっています。台風はやり過ごせばよいのです。社会的かっとう
も混乱も、やり過ごすのが賢明で、是非や善悪を論じて立ち向
かうのは無益のわざと、多くの人があきらめます。

「自然のふところに抱かれる」意識の持主である日本人は、
社会現象すら、自然現象のごとく認識し、また自然現象である
かのように「さりげなく」運ぶことを好みます。

社会といえども「作り出す」ものとは考えたがりません。自然と
人間、自然と社会の間にケジメをつけるような発想・表現はきら
われます。よく言われるように、社会事象でも自然現象と同じく
「なる」と表現する"なだらかさ"が性に合うのです。

さらに、ものごとを「成り行き」にまかせる性向が強い上に、「不
幸をかみしめる」美学が日本人にはあります(「名もなく貧しく美
しく」のように)。

だから、日本人の性格として避けられる災害や衝突を、あえて
避けようとしない傾向がある。人間相互の、つまり、個人と個
人、集団と集団の間のトラブルを、回避するように調節する技術
(外交をはじめとするもろもろの社会調整技術)は発達しません。

寺田寅彦は「天災は忘れた頃にやってくる」という名言を吐い
たと言われますが、いつやってくるかは、わからぬ災害に備えて
手を打つよりも、災害そのものを忘れていたい心理が一般に強い

ようです。

　そして、いざ、災害や衝突が避けられないと決まると、「あきらめ」たり、「すてばち」になったり、「投げやり」な気持になったりすることが多いのです。「どうにでもなりやがれ」という慣用のセリフは、自然現象・社会現象を問わず、事態の進行を調節する意志を持たず、すてばち・投げやりにかまえる心理の反映です。

　　幾山河　越えさりゆかば　寂しさの　果てなん国ぞ　今日も旅ゆく
　　　　　　　　　　　　　　　　　　　　　　　　　　　　　（若山牧水）

はいかにも日本人のセンチメントにぴったりで、愛誦する人口は減らないでしょう。

해석

　인생을 여행이라고 깨닫는 사상―그것은 일본인에게는 매우 친숙해지기 쉬운 것입니다.

　바쇼(芭蕉)의 『오쿠노호소미치(奥の細道)』 등으로 대표되는 기행문학이 일본 독자의 센티멘트(감정)를 불러내게 하기 쉬운 것도, 더 파고든다면 공통의 심리기반에 의한 것이겠지요.

　일고(一高, 구제(舊制) 제2고등학교) 기숙사 노래인 "꽃 피고 꽃은

지고 …" 같이 '우쓰로우(うつろう: 쇠퇴해 가다, 변하다, 지다)'라는 단어의 어감은 일본인의 미학에 잘 맞습니다. 자연이 변화하는 과정과 인생의 프로세스가 일본인의 뇌리에서는 이중으로 클로즈업 되기 쉬운 것입니다.

이런 것은 많은 일본인에게 그다지 새로운 것은 아니지만, 유럽인에게는 의외로 이해하기 어려운 것 같습니다. 영어의 trip, travel, 독일어 reise 등 여행을 의미하는 단어와 일본의 다비(旅)와는 의미내용이 (적어도 어감, 정서적 내포가) 어긋나 있다고 보지 않으면 안 됩니다.

사물의 '변천, 변화'에서 미를 찾아내는 일본인에게는 과거에 구애받지 않고, 지나간 일을 묻지 않고, 지나간 것은 물에 흘려 보내는……것이 미덕이기도 하고 미적센스에서 봐도 멋있는 것입니다. 반면 "집요하다"는 것은 악덕입니다. 모양도 좋지 않습니다.

뜨거워지기 쉽고 식기 쉽다―이것은 일본인의 결점이라고 일본인 자신이 자주 말합니다. 이 결점(으로 여겨지는 것)은 그러나 다른 많은 미덕(으로 여겨지는 것)과 표리의 관계를 이루고 있어서 용이하게 변하지 않는 것일지도 모릅니다.

쉽게 변하지 않는다면, 일본 사회에는 그 순간은 사람들을 열광시키고 허둥지둥하게 해도 과거가 지나버리면 무의미했다고 느껴지는, 깊이가 얕은 무브먼트가 반복되는 것일지도 모릅니다.

나카무라(中村菊男)에 의해 '태풍형 정치체질'을 지적받았던 국민에 걸맞게 확실히 일본은 '일과(一過)성'의 움직임이 많은 나라인 듯합니다.

'시간이 지나면' 사태는 변한다, 그렇기 때문에 기다리면 되는 것입니다. 일본의 봄은 기차도 전차도 멈추어 버리는 것이 통례로,˙ 그렇지 않아도 흥분하기 쉬운 봄의 심리를 더욱 곤두서게 하지만 어느 틈에 세상에는 '파업에 익숙함'이라는 말이 생겨났습니다. 파업의 논리적·법률적인 시비를 물을 것까진 없고 기술적인 교졸(巧拙)을 논할 것까지도 없이 태풍과 같은 자연현상으로 받아들여 '지나가게 내버려두는' 것에 사람들은 전념합니다. 그것이 가장 사태를 '악화시키지 않는' 방법이 되었습니다. 태풍은 그냥 지나가게 두면 되는 것입니다. 사회적 갈등도 혼돈도 지나가게 두는 것이 현명하고 시비나 선악을 논해서 맞서는 것은 무익한 짓이라며 대부분의 사람들이 포기합니다.

'자연의 품에 안기는' 의식의 소유자인 일본인은 사회현상조차 자연현상처럼 인식하고 또 마치 자연현상인 것같이 '아무렇지도 않은 듯이' 진척되는 것을 선호합니다.

사회라 하더라도 '만들어 내는' 것으로는 생각하고 싶어 하지 않습니다. 자연과 인간, 자연과 사회 사이에 구분을 짓는 발상이나 표현은 선호되지 않습니다. 자주 언급되듯이 사회적 사실이나 현상이라도 자연현상과 마찬가지로 '되다(なる)'라고 표현하는 '순조로움'이 성질에 맞는 것입니다.

더욱이 매사를 '일이 되어 가는 추세'에 맡기는 성향이 강한데다 '불행을 잘 새기는' 미학이 일본인에게는 있습니다.('이름도 없이 보잘것없이 아름답게'와 같이).

그래서 일본인은 성격적으로 피할 수 있는 재해나 충돌을 굳이 피

---

* 회계연도가 4월에 시작하는 일본은 4월이 되면 기차나 전철의 스트라이크가 행해져 임금 인상 등의 타협이 안 될 경우 운행정지로 이어지는 경우가 종종 있다.

하려고 하지 않는 경향이 있습니다. 인간상호의 즉 개인과 개인, 집단과 집단 사이의 문제를 회피하도록 조절하는 기술(외교를 비롯한 여러 가지 사회조정기술)은 발달하지 않습니다.

데라다(寺田寅彦)는 '자연재해는 잊어버릴 무렵에 찾아온다.'라는 명언을 했다고 하지만 언제 올지는 모르는 재해에 대비해 손을 쓰기보다도 재해 그 자체를 잊어버리고 싶은 심리가 일반적으로 강한 듯합니다.

그리고 막상 재해와 충돌이 피할 수 없다고 정해지면 '포기'하거나 '자포자기'를 하거나 '될 대로 되라는 식'의 기분이 되거나 하는 일이 많은 것입니다. '어떻게든 되라'라는 관용적인 말투는 자연현상·사회현상을 불문하고, 사태의 진행을 조절하는 의지를 갖지 않고 자포자기·될 대로 대라는 식으로 태도를 취하는 심리의 반영입니다.

> 많은 산과 강을 통과해 가면 언젠가 쓸쓸함이 끝나버리는 나라가 있을 거다
> 오늘도 여행을 나선다. (와카야마(若山牧水, 1885~1928, 가인歌人))

는 정말 일본인의 정서에 딱 들어맞아 애송하는 인구가 줄지 않을 것입니다.

❑ うつろう　　변하고 시듦, 변천

❑ 既往{きおう}　　지나간 일, 과거

❑ もろもろ　　여러 가지, 모든 것

❑ 浮足立{うきあしだ}つ　　허둥지둥하다

❑ スト　　ストライキ의 약어

❑ 巧拙{こうせつ}　　잘하고 못함

❑ 頭に来る　　약이 오르다, 흥분하다

❑ 成り行き　　일의 되어 가는 형편, 그 결과

❑ すてばち　　자포자기

❑ 投げやり　　일을 중도에서 팽개쳐 둠

4.8. 「まかせる」文化
맡기는 문화

　日本民族を「状況民族」と評する人たちがあります。つまり、日本人の行動は一定の原則から出てくるのではなく、周囲の状況によって行動のやり方が決まってくるというのです。環境に順応する性格が強いという見方でしょう。つまり、環境に対して主体がはっきり対立するということは好みません。

　日本人の使い慣れたことばに、「成り行き」というのがあります。事態の進行といった意味ですが、その事態は、人間の意志や計画によって作り出されるよりは、自然にできてしまう気流のようなものです。「流れる」文化の所産です。―そこで個人個人は、その気流に合わせて行動していればいいのです。それこそ最も無難で賢明な、かつ自然なやり方です。

　そのやり方を「成り行きまかせ」と称します。成り行きまかせは、個人が、独自に意志や理性をはたらかせる面倒をさけて、「気分」のままに行動するやり方です。

　「バスに乗りおくれるな」という声がさかんでした。目の前の事

態に対して、賛否の評判を下すよりも、与えられた客観状態をそのままに肯定し、自分だけがその圏外に立つことをおそれます。圏外にたって不利益をこうむっては大変という打算が素早く働きます。そこで浮き足立って「バスに乗りおくれるな」となるのです。

「こうなった以上はやむを得ない」というのも、成り行き第一の心理を感じさせる常用句(愛用句？)ですが、成り行きがひとたび大きな勢いとなって過熱するや、過熱の圏外に立つ者は白眼視され、「非国民」とか、「反大衆的」とか指弾されるような、すごい一面も日本社会にはあります。そして、過熱した雰囲気を「国民感情」といった名によって正当化し絶対化することも時々流行します。

日本人が集団で意思決定する場合、個人は何らかの意見を持っていても、会議の場で積極的に発言せず、一つの意見が支配的になると「しぶしぶ」それに従うことがよくあります。そして後になって、「自分は本当は反対だったのだ」と言うのが、日本人の口癖のようになっています。

第二次大戦によって日本は好戦国という評価を受けましたが、時を経て、当時の軍・官界の指導者たちの日記や評伝の類をみると、だれもが戦争を好んでいなかったことになっています。それ

なのに、地すべり的な動きを積極的に止めようと立ち向かった人がいたとも思えません。全体として「成り行き」が生じ、その渦中で人々は多くを言わなくなってしまったのです。もっと身近な、小さな集団の動きにも、それと似たものがくり返されます。

　このような各人の態度を、「主体性がない」と、日本人自身が評しますが、実際にはなかなか改まりません。物事は、明確なプランなしに、しかもしばしば「なし崩し」的に働き、また時には一八〇度の急転回を見せます。

　このように、行動の原則が決まっていないと、「気まぐれ」と呼んで非難されるような結果も多く生まれ、無原則の上に打算の加わった態度を「ご都合主義」と言って軽蔑することも多いのですが、しかし、このような行き方こそ、むしろ日本人の現実そのものと言えます。「女心と秋の空」は、変わりやすいのをいう比喩ですが、これなども、非難をこめつつ現実を肯定している複雑な表現のようです。

일본 민족을 '상황 민족'이라고 평하는 사람들이 있습니다. 즉 일본인의 행동은 일정한 원칙에서 나오는 것이 아니라 주위의 상황에 의해 행동하는 방법이 결정된다는 것입니다. 환경에 순응하는 성격이 강하다고 하는 견해이겠죠. 즉 환경에 대해 주체가 확실히 대립하는 것은 바라지 않습니다.

일본인이 오래 사용해 익숙한 말에 '되어 가는 형편(成り行き)'이라는 것이 있습니다. 사태의 진행이라는 의미입니다만, 그 사태는 인간의 의지와 계획에 의해 만들어 내어지기보다는 자연스레 되어 버리는 기류 같은 것입니다. '흘러가는' 문화의 소산입니다.—그래서 개인 개인은 그 기류에 맞춰 행동하고 있으면 되는 것입니다. 그야말로 가장 무난하고 현명한, 게다가 자연스러운 행동 방식입니다.

그 행동 방식을 '되어 가는 형편에 맡김(成り行きまかせ)'이라고 칭합니다. '되어 가는 형편에 맡김'은 개인이 독자적으로 의지와 이성을 작용하게 하는 번거로움을 피해 '기분'에 따라 행동하는 방식입니다.

'버스를 놓치지 마'라는 목소리가 유행했었습니다. 눈앞의 사태에 대해 찬반의 평판을 내리기보다도 주어진 객관상태를 그대로 긍정하고 자신만이 그 권외에 서는 것을 두려워합니다. 권외에 서서 불이익을 받으면 힘들다는 타산이 재빠르게 작용합니다. 그래서 허둥지둥 하여 '버스를 놓치지 마'가 되는 것입니다.

'이렇게 된 이상은 어쩔 수 없다'라는 것도 '되어 가는 형편'의 심리를 느끼게 하는 상용구(애용구?)입니다만, '되어 가는 형편'이 일단 큰 세력이 되어 과열되자마자 과열 권외에 선 사람은 백안시 되고 '비국민'이라든지 '반대중적'이라든지 지탄받는 굉장한 일면도 일본 사회에는 있습니다. 그리고 과열된 분위기를 '국민감정'이라는 이름에 의해 정당화하고 절대화하는 것도 때때로 유행합니다.

일본인이 집단으로 의사 결정을 할 경우 개인은 어떠한 의견을 갖고 있더라도 회의장에서 적극적으로 발언하지 않고 하나의 의견이 지배적이 되면 '마지못해' 그것을 따르는 경우가 자주 있습니다. 그리고 나중에 "자신은 사실은 반대였다"고 하는 것이 일본인의 입버릇처럼 되었습니다.

제2차 대전에 의해 일본은 호전국이라는 평가를 받았지만 세월이 지나 당시의 군·관계 지도자들의 일기나 평전류를 보면 어느 누구도 전쟁을 좋아하지 않았다고 되어 있습니다. 그럼에도 불구하고 압도적인 움직임을 적극적으로 저지하려고 대항했던 사람이 있었다고도 생각할 수 없습니다. 전체적으로 '되어 가는 형편'이 발생하고 그 소용돌이 속에서 사람들은 여러 말을 하지 않게 되어버린 것입니다. 더욱 가깝고 작은 집단의 움직임에도 그것과 비슷한 일이 반복됩니다.

이러한 각자의 태도를 '주체성이 없다'라고 일본인 자신들이 평하지만 사실은 좀처럼 고쳐지지 않습니다. 매사에는 명확한 플랜 없이, 게다가 자주 '일을 조금씩 해나가는' 식으로 실행하고 또 경우에 따라서는 180도로 급선회를 보입니다.

이렇듯 행동의 원칙이 정해져 있지 않으면 '변덕스럽다'고 불리며 비난받는 결과도 많이 생겨나고, 무원칙에 타산이 더해진 태도를 '편의주의'라 말하고 경멸하는 일도 많지만 이러한 방식이야말로 오히려 일본인의 현실 그 자체라고 말할 수 있습니다. '여자의 마음과 가을 하늘'은 변하기 쉬운 것을 말하는 비유이지만 이것들도 비난을 담고 있으면서 현실을 긍정하고 있는 복잡한 표현 방식인 것 같습니다.

✎ 語彙・表現ボックス

- □ こうむる   받다, 입다
- □ ひとたび   한번, 일단
- □ しぶしぶ   떨떠름하게, 마지못해
- □ 口癖(くちぐせ)   입버릇
- □ なし崩(くず)し   빚을 조금씩 갚아 감, 조금씩 처리함
- □ きまぐれ   변덕, 변덕스러운 사람

4.9. 「受け身」の文化
수동적인 문화

　心のあり方は言葉を決定し、さらに文化一般のあり方もじつにみごとに決めてゆく。言葉が違うのは心が違うからであり、文化が異なるのも心の相違によるのである。日本人の心は受け身の心である。こういった心のあり方は言葉をはじめとする文化に濃密に投影しながら、そのあらゆる末端の相にまでまちがいなくしみわたってゆく。

　たとえば受け身的日本人の心は日本人の身ぶり、しぐさのすみずみにまで、まぎれもない確実さで入りこんでゆく。

　日本文化の「受け身性」をきわめて端的にあらわしている語に「被害」、「被害者」、「被害者意識」という一連の日本独特の言葉がある。

　「被害」、すなわち害をこうむるというように「受け身性」をそのまま一語の表現に組みこんだ「損害」を意味する語は、インド・ヨーロッパ語にかぎっていうならば私の知るかぎりにおいてはまったくない。

試しにdamageという英語についてアメリカの辞書『ACD』のいう
ところを見てみると「価値や有用性を損う害」とあって、そこには
「被害」という語にみられるような受身的含意はまったく存在して
いないことがわかる。

　話題を言語に移してみよう。以上のような受け身的日本人の心
を言語的にもっといちじるしい形で投影しているのが、「れる」「ら
れる」という受身、可能、自発、尊敬をあらわす助動詞である。
「……のように考えられる」のような、「考える」という人間にとっ
てもっとも主体的であるべき行為が「られる」を付して受け身的に
表現されるのはなぜなのか。「あすはこられないと思います」に見
られるように、自己の「くる」「こない」というきわめて主体的であ
るべき行為の可能、不可能が何をもって受け身的にいわれなけれ
ばならないのか。日本文化における受け身的心が言語にその表象
を求めたとき、「れる」「られる」という受身の形こそもっとも適切
にそのあり方を語ってくれる表現であったからにちがいない。

　「甘え」を受け身的愛情希求としたのは土居健郎氏だが、たし
かにみずからの主体的契機を放棄して好意や愛情を求めるのは日
本人独得の行動様式である。

　「甘え」のように「受け身性」を含意として宿している言葉はこの
ほか「うらむ」、「ふくれる」、「すねる」など数多く存在する。「う

らむ」の名詞形「うらみ」はすなわち受け身的憎悪であり、憎悪を
みずからの主体性において処理することが困難な社会の仕組みの
なかでは、憎しみの感情は抑圧されて内にとじこもり、「うら
み」、「怨念」となるほかしかたがない。晴らされるのを受け身的
に待つ抑圧された憎悪、これらがすなわち「うらみ」なのである。

　日本の幽霊が甲を上にしたかいこみの受け身の手つきで、受け身
のせりふ「うらめしや」をきまり文句として出てくるところ、日本と
いう国は「受け身」性がなんと彌満し満ち満ちた国であることか。

　同様に「ふくれる」は怒りが抑圧されて内にこもる意味であり、
攻撃的に発散することができず受け身的に怒るのが「ふくれる」と
いう行為であるだろう。「ねじけて我意を張る」意（『広辞苑』）の
「すねる」は我意を張るというもっとも主体的にあるべき行為が
抑圧されねじ曲がった形でしかあらわれてこない―主体的に行為
することを許されないから、できるだけひかえめに受け身に我意
を張る、その結果表現が屈折する―それが「すねる」という欧米に
はまっかく見られない日本人的行為の内容であると思われるので
ある。

　마음의 상태는 언어를 결정하고 게다가 문화 일반의 형태도 실로 훌륭하게 결정해 간다. 언어가 다른 것은 마음이 다르기 때문이고, 문화가 다른 것도 마음의 상이(相異)에 의한 것이다. 일본인의 심리는 수동의 심리이다. 이러한 심리상태는 언어를 비롯한 문화에 농밀하게 투영되면서 그 모든 말단의 모습에까지 틀림없이 스며들어 간다.

　예를 들어 수동적 일본인의 마음은 일본인의 몸짓, 태도 구석구석에까지 틀림없이 확실하게 깊숙이 들어간다.

　일본 문화의 '수동성'을 지극히 단적으로 나타내고 있는 단어로 '피해', '피해자', '피해자의식'이라는 일련의 일본의 독특한 말이 있다.

　'피해' 즉 해를 입는다는 '수동성'을 그대로 한 단어의 표현으로 짜 넣은 '손해'를 의미하는 말은 인도 · 유럽어에 한정하여 말하면 내가 알고 있는 한 전혀 없다.

　시험 삼아 damage라는 영어에 대해서 미국 사전 『ACD』가 언급한 부분을 보면 '가치나 유용성을 망가뜨리는 해(害)'라고 되어 있고, 거기에는 '피해'라는 말에서 볼 수 있는 수동적 함의는 전혀 존재하지 않는 것을 알 수 있다.

　화제를 언어로 옮겨 보자. 이상과 같은 수동적인 일본인의 마음을 언어적으로 한층 두드러지는 형태로 투영하고 있는 것이, 'れる', 'られる'라는 수동, 가능, 자발, 존경을 나타내는 조동사이다. '~ 같이 생각되다'와 같은 '생각하다'라는 인간에게 가장 주체적이어야 할 행위가 'られる'를 붙여서 수동적으로 표현되는 것은 왜일까? "내일은 못 올 것이라 생각합니다."에서 보이듯이 자기가 '온다', '오지 않는다'

라는 지극히 주체적이어야 하는 행위의 가능, 불가능이 무엇 때문에 수동적으로 말하지 않으면 안 되는 것일까? 일본 문화에서 수동적 마음이 언어에서 그 표상을 구했을 때, 'れる', 'られる'라는 수동 형태야말로 가장 적절하게 그 실상을 말해 주는 표현이기 때문임에 틀림없다.

일본어 '아마에(응석, 호의에 기댐)'를 수동적 애정희구라고 한 것은 도이(土居健郎)씨이지만, 분명히 스스로의 주체적 계기를 포기하고 호의나 애정을 구하는 것은 일본인의 독특한 행동양식이다.

'아마에'처럼 '수동성'을 함의로서 내포하고 있는 말은 그 외에 '우라무(원망하다)', '후쿠레루(뾰로통해지다)', '스네루(토라지다)' 등 많이 존재한다. '우라무(원망하다)'의 명사형 '우라미(원망)'는 바로 수동적 증오이며, 증오를 자신의 주체성에서 처리하는 것이 곤란한 사회 구조 안에서는 증오의 감정은 억압되고 안으로 틀어박혀, '원망', '원념'이 될 수밖에 없다. 마음 속 응어리가 풀리는 것을 수동적으로 기다리는 억압된 증오, 이것이 바로 '우라미(원망)'인 것이다.

일본의 유령이 손등을 위로 하고 겨드랑이에서 내미는 손짓으로 수동적인 대사 '우라메시야(원망스러워)'가 상투어로 등장하는 점, 일본이라는 나라는 수동성이 얼마나 널리 퍼지고 가득 차있는 나라인 것인가.

마찬가지로 '뾰로통해지다'는 화가 억압되어 안에 틀어박힌다는 의미이고 공격적으로 발산하지 못하고 수동적으로 화내는 것이 '뾰로통해지다'라는 행위일 것이다. '비뚤어져 고집을 부리다'라는 뜻의 '스네루(토라지다)'는 고집을 부린다는 가장 주체적이어야 하는 행위가 억압되어 비뚤어진 형태로밖에 드러나지 않는—주체적으로 행동하는 것을 허용받지 못하기 때문에 가능한 한 눈에 띄지 않게 수동적으로 고집을 부린다, 그 결과 표현이 굴절한다—그것이 '스네루(토라지다)'라는, 유럽과 미국에서는 절대로 볼 수 없는 일본인적 행위의 내용이라고 여기는 것이다.

✎ 語彙・表現ボックス

- 試しに   시험 삼아
- 損なう   손상하다, 상하게 하다
- 心構え   마음의 준비
- 含意   함의, 어떤 말에 특별한 뜻을 가지게 함
- 彌満   (어떤 기분·풍조가) 널리 퍼짐
- 満ち満ちる   넘칠 정도로 그득 차다
- ねじける   비틀리다, 비뚤어지다

襖はそれ自体障壁としての能力はほとんど持っていない。音は自由自在に通過する。幼児だって簡単に破壊して通れる。鍵はかけられない。襖という障害物が機能することが可能なのは、それを使用している団体の成員の間に、それを障害物・へだてとして尊重するという約束が暗黙の内に成立し、その約束が充分守られているというところを前提とするかぎりにおいてである。しかもその約束が守られれば、この上なく理解が行き届いた「水入らず」の生活が送れるのだ。襖が閉ざされている場合、それが入室拒否をしめすのか、はいろうとするときは許しを乞えということなのかという区別が「察し」によって理解されねばならない。

では、どうして自分とはまったく立場のちがう他者の意志や感情を察することができるのであろう。この場合、言葉は使われないから、言葉に代るシンボルをうまく使うことが一つの手段であったと思われる。またシンボルのような面倒な手段を用いなくても案外簡単に相手の気持を「察する」という手段は可能だったで

あろう。それは「思いやり」という思考動作によってである。思いやりとは、相手の立場になって考えてみるということにすぎない。それは、こちらの立場を白紙状態におくことで可能になるはずである。

　ある日本人夫妻が自分の家にフランスの学生を下宿させた。下宿料は二食つきということで払ってもらっていた。もっとも特別の献立だからそれは実費に近い。世話していた夫妻は、日仏親善のため格安でとめてあげる、そして親身な世話をしてあげているのだと考えており、当然その学生さんも、そういうこちらの気持がわかっているものと考えていた。学生もともかく日本人は親切だと喜んでいた。

　ところが、その家の一人きりの祖母が心臓病で急死し、夫婦は大とりこみになった。

　妻君は忙しくて、手のかかるフランス学生用の食事の支度をする手間がなかった。一食だけは外で食べてくれという断りをしなかったのが、いけなかったのだが、この夫婦は、当然学生さんは、こちらのとりこみを察して、外で食べてくれるものと思いこんでいたらしい。

　しかしその男は、ちゃんと定刻に帰り、食事を要求し、用意ができていないと断ると、契約違反だととがめたのである。二人

は怒った。このことから夫婦との間が気まずくなり、学生は引っ越し、まもなく本国へ帰ってしまった。

「日仏親善」はうまくいかなかったようである。

この学生は「察する」ことができなかったし、察してくれることを当然と期待したこの夫婦も、「決して察してくれない人」の存在を察することができなかったということになる。ヨーロッパ人と日本人の考え方の相違を知るかぎり、このすれちがいはきわめて当然のことなのだが。

白紙状態になることによって相手の気持を「察する」ということの第三のやり方は、こちらが無心、無念の状態になるということである。この場合は相手の心の動きを予測するのではない。こちらの心が無心になるということは、水面を澄ますことで相手の心を鏡のように、こちらの心に映すことである。主観によって自分の心を乱すことがなければ、相手の心の動きは鏡に映すがごとくはっきりととらえることができるとするものだ。

これを思想の相互理解という言葉に翻訳すれば、言葉の否定ということになるだろう。完全な相互理解には、むしろ言葉は邪魔物である。パントマイムの世界こそ本当の相互理解の境地なのだ。

これが、日本語の「膝とも談合」「相手を自己の腹中にいれる」

といった考え方の根底になるものなのである。それをいい加減な妥協と解してはならない。

　「察し」と「思いやり」はたしかにより純粋に日本的な考え方である。「無念無想」観には禅的な要素が強い。だが、言葉（ロゴス）の否定という点、ないしは相互理解のためには、論理的な言葉は重要でないし、むしろ邪魔だという気持こそ、実は日本人には生得的なものではないか。ここに、すこし乱暴な推察をしておこう。

　日本語が感情の伝達ではたいへん複雑微妙な点までも表現できるようになっていながら、意志の正確な交換には案外不適当だというのは、このようなところに原因があるのではなかろうか。とするならば、究極的な相互理解には「口ほどにものをいう目」の方がうまく行くという考え方が当然生まれて来るという結論になるはずである。

　ではどうして「察し」が可能なのか。これは「相手の身になって考える。」ということだ。

　日本でそういうことはまあありえない。反論される方は「三代続いて職人」という例をさがしていただろう。子か孫は親方になるか、親が親方だったら子か孫は没落するか、養子に行くか、養子をもらうか、商人になるか、ときには武士になっているか、ともかく三代の変化はすばらしいものである。

맹장지는 그것 자체가 장벽으로서의 능력은 거의 가지고 있지 않다. 소리는 자유자재로 통과한다. 유아일지라도 간단히 파괴하여 지나 갈 수 있다. 열쇠는 채울 수 없다. 맹장지라는 장해물이 기능할 수 있는 것은 그것을 사용하고 있는 단체의 구성원 사이에 그것을 장해물·칸막이로써 존중한다라는 약속이 암묵리에 성립하고 그 약속이 충분히 지켜지고 있다는 것을 전제로 하는 한에서이다. 게다가 그 약속이 지켜진다면 더할 나위 없이 이해가 잘 되는 '집안 식구끼리 단란한' 생활을 보낼 수 있는 것이다. 맹장지가 닫혀 있는 경우 그것이 입실거부를 가리키는 것인지, 들어오려고 할 때에는 양해를 구해라는 것인지 라는 구별이 '헤아림'에 의해 이해되지 않으면 안된다.

그렇다면 어떻게 자신과는 완전히 입장이 다른 타인의 의지나 감정을 헤아리는 것이 가능한 것일까. 이 경우 말은 사용할 수 없으므로 말을 대신하는 심벌을 능숙히 사용하는 것이 하나의 수단이었다고 여겨진다. 또 심벌과 같은 번거로운 수단을 이용하지 않아도 의외로 간단히 상대의 기분을 '헤아리는' 수단은 가능했을 것이다. 그것은 '배려'라는 사고동작에 의해서이다. '배려'란 상대의 입장이 되어 생각해 본다는 것에 지나지 않는다. 그것은 이쪽의 입장을 백지상태로 두는 것으로 가능한 것이다.

어느 일본인 부부가 자신의 집에 프랑스 학생을 하숙시켰다. 하숙비는 두 끼 식사 제공을 포함하여 받고 있었다. 가장 특별한 식단이기 때문에 그것은 실비에 가깝다. 돌봐주고 있던 부부는 일불(日

仏)친선을 위해 특별히 싸게 묵게 해주고, 또한 육친처럼 돌봐주고 있다고 생각했고 당연히 그 학생도 그러한 자신들의 마음을 알고 있을 것이라고 생각했다. 학생도 어찌됐든 일본인은 친절하다며 기뻐했다.

그런데 그 집의 홀 할머니가 심장병으로 급사하여 부부는 매우 어수선해졌다.

집사람은 바빠서 손이 많이 가는 프랑스 학생용 식사 준비를 할 틈이 없었다. 한 끼 정도는 밖에서 먹어달라는 양해를 구하지 않았던 것이 좋지 않았지만, 이 부부는 학생이 당연히 이쪽의 어수선함을 헤아려 밖에서 먹어 주리라고 굳게 믿고 있었던 것 같다.

그러나 그 남자는 정확히 정각에 돌아와 식사를 요구했고 준비가 덜 됐다고 양해를 구하자 계약위반이라며 책망했던 것이다. 두 사람은 화를 냈다. 이 일로 부부와의 사이는 어색해지고 학생은 이사를 하고 얼마 안 되어 모국으로 돌아가 버렸다.

'일불친선'은 잘되지 않았던 것 같다.

이 학생은 '헤아릴' 수 없었고, 헤아려 주는 것을 당연하다고 기대한 이 부부도 '결코 헤아려주지 않는 사람'의 존재를 헤아릴 수 없었던 것이 된다. 유럽인과 일본인의 사고의 차이를 아는 한, 이 엇갈림은 지극히 당연한 일이지만.

백지상태가 되는 것에 의해 상대의 기분을 '헤아리는' 제3의 방식은 이쪽이 무심, 무념의 상태가 된다는 것이다. 이 경우는 상대의 마음의 움직임을 예측하는 것은 아니다. 이쪽의 마음이 무심으로 된다고 하는 것은 수면을 맑게 하는 것으로 상대방의 마음을 거울과 같이 이쪽의 마음에 비추는 것이다.

주관에 의해서 자신의 마음을 어지럽히는 것이 없다면 상대의 마음의 움직임은 거울에 비추는 것과 같이 확실하게 파악할 수 있다고 하는 것이다.

이것을 사상의 상호관계라는 말로 번역하면 말의 부정이라는 것이 될 것이다. 완전한 상호 이해에서 말은 오히려 방해물이다. 팬터마임의 세계야말로 진정한 상호 이해의 경지인 것이다.

이것이 일본어의 '궁해지면 무릎과도 의논한다(궁하면 자신의 무릎이라도 상담상대로 한다는 뜻, 즉 누구라도 상담하면 그만큼의 이익이 된다는 뜻)', '상대방을 자신의 마음에 넣는다'라는 사고방식의 근저가 되는 것들이다. 그것을 적당한 타협이라고 해석해서는 안 된다.

'헤아리다'와 '배려'는 확실히 보다 순수하게 일본적인 사고방식이다. '무념무상'관에는 선(禪)적인 요소가 강하다. 하지만 말(로고스)의 부정이라고 하는 점, 혹은 상호 이해를 위해서는 논리적인 말은 중요하지 않고 오히려 방해한다는 기분이야말로 실은 일본인에게 생득적인 것이 아닐까. 여기에 조금 난폭한 추측을 해 두자.

일본어가 감정의 전달에서는 매우 복잡 미묘한 점까지도 표현할 수 있게 되어 있으면서 의지의 정확한 교환에는 의외로 부적당하다고 하는 것은 이러한 점에 원인이 있는 것은 아닐까. 그렇다면, 궁극적인 상호 이해에는 '말하는 것과 마찬가지로 마음을 전달하는 눈' 쪽이 더 어울린다는 사고방식이 당연히 생겨난다는 결론이 되는 것이다.

그럼 어째서 '헤아림'이 가능한가. 이것은 '상대방의 처지가 되어 생각한다'는 것이다.

일본에서 그런 경우는 아마 있을 리 없다. 반론하는 쪽은 '3대째

계속해서 장인(匠人)'이라는 예를 찾고 있었을 것이다. 아이나 손자는 우두머리가 되든지, 부모가 우두머리라면 아이나 손자는 몰락하든지, 양자로 가든지, 양자를 얻든지, 상인이 되든지, 때로는 무사가 되어있든지, 어쨌든 3대의 변화는 대단한 것이다.

✎ 語彙・表現ボックス

- □ 行き届く　　구석구석까지 미치다, 모든 면에 빈틈이 없다
- □ 親身　　　　육친; 근친; 육친 같이 아주 친절함
- □ 察する　　　헤아리다; 살피다
- □ 膝とも談合　혼자 끙끙 앓기보다는 누구하고든 의논하면 그만한
　　　　　　　　보람이 있다.

4.11. 「世間体」の文化

체면의 문화

　戦後何でも日本人の悪口をいえば通った時代、そこで、しきり
に流行したのが、ベネディクト(Benedict, Julius)がその著「菊と刀」
で刻印づけた、日本人の文化は罪の文化でなく、恥の文化だとい
う考え方である。

　したがって、日本人の思考と行動を規定する道徳原理は、神
の前の良心といったものではない。他人の前で「恥」をかかねばよ
いというだけのことになる。世間の目を逃れさえすれば、どんな
ことをしても自分自身の心になんらやましいことはないというこ
とになる。日本人はこういう意味で典型的なオポチュニストであ
る。ベネディクトはそういう意見だった。

　このような指摘に対し、日本人は、たしかに思い当たるところ
があった。戦時中の残虐行為に対してもそうである。日本人は、
自分自身に対しても、そういうことをした同胞に対しても憤怒に
ちかい「恥じらい」を感じたのである。ベネディクトのこの言葉
が、戦後日本人の反省のための一つの拠りどころとなったことは

当然だろう。

　会田雄次(1979)は、ベネディクトがいやに神の前の良心、罪の意識をふりまわしたが、それはアメリカ人特有の思い上がりとしか思えないと言っている。むしろヨーロッパでは、この信仰心を鍛え、確実にするため、より具体的な方法、つまり日本のような「世間体」を重んじ、それに依拠するやり方をとっているのである。『私は日本人になりたい』を書いたW・A・グローターズさんはベルギー人の神父さんである。彼はこの著の中でいっている。神父が純潔＝童貞を守り通すためには「孤独は危険としてさけねばならない。ということは、神父は研究と思索のためにひとりでいる時間を必要なかぎり取らなければならないが、生活はいつもひとりか、ふたりの神父と、たいていは同じ室根の下で暮すという意味である…」。

　これは相互監視の効果を率直に認めた言葉だといえよう。私たちがカトリック派の人々の方が、プロテスタンより偽善者がすくなく、好ましく感じるのはこういうところにあるのかもしれない。

　戦後の日本人は、アメリカに教えられてかどうか、自分の理性の絶対なことをむやみに主張するくせをつけた。子どもたちは自分のことを「親が信じないのはいけない」とか、「純真だ」などと、まるで絶対真理のようにいい張るようになっている。

月夜の晩、ある子どもを背負った男が西瓜畑を通りかかった。つい西瓜を盗もうとして、彼は思わずひとりごとを口に出した。「だれも見ていないだろうな」―また註だが、こういう考え方が世間体だけに生きる日本人というモデルになっているはずだ―。しかし、背の子どもは言った。「お月さまが見ているよ」と。父親は、そこで翻然と悟るのである。この話の原話は中国伝説らしいが、やはり明治末年に一般の教訓話としてみごとに再生した。文字どおり生きて再び生まれた精神である。世間体に生きるということはここまで高められたのだ。

해석

제2차 세계대전 후 뭐든지 일본인의 험담을 하면 통했던 시대, 그래서 매우 유행했던 베네딕트의 책『국화와 칼』에서 각인된 일본인의 문화는 죄의 문화가 아닌, 수치의 문화라고 하는 사고방식이다.

따라서 일본인의 사고와 행동을 규정하는 도덕원리는 신 앞의 양심이란 것이 아니다.

타인의 앞에서 '수치, 치욕'을 당하지 않으면 괜찮다는 것뿐인 것이다. 세상의 눈을 피하기만 하면, 어떤 것을 해도 자기 자신의 마음에 조금도 양심의 가책을 느낄 일은 없다고 하는 것이 된다. 일본인은 이런 의미에서 전형적인 기회주의자이다. 베네딕트는 그런 의견이었다.

이와 같은 지적에 대해 일본인들은 확실히 짚이는 점이 있다. 전시 중의 잔학행위에 대해서도 그러하다. 일본인들은 자기 자신에 대해서도, 그런 것을 한 동포에 대해서도 분노에 가까운 '부끄러움'을 느낀 것이다. 베네딕트의 이 말이 전후 일본인의 반성을 위해 하나의 근거가 된 것은 당연할 것이다.

아이다(会田雄次)는 베네딕트가 신 앞의 양심, 죄의식을 몹시 남용하였는데 그것은 미국인 특유의 교만함이라고 밖에 생각 할 수 없다고 말하고 있다. 오히려 유럽에서는 이 신앙심을 단련하고 확실하게 하기 위해 보다 구체적인 방법, 즉 일본과 같은 '세상에 대한 체면'을 중시하고 그것에 의거하는 방식을 취하고 있는 것이다. 『나는 일본인이 되고 싶다』를 쓴 W · A · 그로터스 씨는 벨기에인 신부님이다. 그는 이 저서 안에서 말하고 있다. 신부(神父)는 순결=동정을 끝까지 지키기 위해서는 "고독은 위험해서 피하지 않으면 안 된다. 왜냐하면 신부는 연구와 사색을 위해 혼자 있는 시간을 가지지 않으면 안 되지만, 생활은 언제나 한 사람이나 두 사람의 신부와 대개 같은 지붕아래서 지낸다는 의미다…."

이것은 상호감시의 효과를 솔직하게 인정한 말이라고 할 수 있을 것이다. 우리가 가톨릭 사람이 프로테스탄트 보다 위선자가 적고 바람직하다고 느끼는 것은 이런 부분에 있는 것일지도 모른다. 제2차 세계대전 후 일본인은 미국에 배워서인지 어떤지 자신의 이성의 절대성을 무턱대고 주장하는 버릇을 들였다. 아이들은 자신들을 '부모가 믿지 않는 것은 좋지 않다'라든가 '순진하다' 등이라고 마치 절대진리와 같이 우기고 있다.

달밤, 어느 아이를 업은 남자가 마침 수박밭을 지나갔다. 무심코 수박을 훔치려고 그는 생각지 않고 혼잣말을 했다. "아무도 보고 있지 않겠지"―또 주석이지만, 이런 사고방식이 세상에 대한 체면만으로 사는 일본인이라는 모델이 되어 있을 것이다.― 그러나 등에 업힌 아이는 말했다. "달님이 보고 있어요."라고. 아버지는 거기서 번연히 깨달은 것이다. 이 이야기의 설화는 중국 전설인 것 같지만 역시 메이지(明治) 말년에 일반적인 교훈 이야기로서 훌륭하게 재탄생했다. 문자 그대로 살아서 다시 태어난 정신이다. 세상에 대한 체면으로 살아간다는 것은 이 정도로 높아진 것이다.

✎ 語彙・表現ボックス

□ 世間体（せけんてい）　　세상에 대한 체면
□ 拠り所（よどころ）　　의지할 것(곳), 근거
□ 翻然（ほんぜん）　　나부끼는 모양, 갑자기 마음을 고치는 모양

● 参考文献 ●

会田雄次(1973)『日本人の意識構造 事実と幻想』講談社

荒木博之(1973)『日本人の行動様式』講談社現代新書

＿＿＿＿＿(1976)『日本人の心情論理』講談社

＿＿＿＿＿(1980)『日本語から日本人を考える』朝日新聞社

泉子・K・メイナード(2001)『恋するふたりの「感情ことば」』くろしお出版

岡崎公良(1987)『日本文化論研究「あるの文化」と「ないの文化」』北樹出版

影山太郎(2002)『もっと知りたい！日本語 ケジメのない日本語』岩波書店

木藤冬樹(2005)『言語文化体系の構築』富山房インターナショナル

国広哲弥(1985)「認知と言語表現」『言語研究』第88号 日本言語学会

柴谷方良(2005)『会話分析』くろしお出版

唐須 教光(1988)『文化言語学』勁草書房

廣瀬幸生・長谷川葉子(2001)「日本語から見た日本人 上・下」『月刊言語』30巻 1号

溝越彰 外(2007)『英語と文法と－鈴木英－教授還暦記念文集―』開拓社

황미옥黃美玉

현재 인천대학교 일어일문학과 교수로 재직 중이며 전공 분야는 '일본어
학·한일 대조언어학'이다. 저서로는『현대 일한사전』(공편저)(교학사, 1999),
『일본어는 뱀장어/한국어는 자장』(공저)(글로세움, 2003),『일본어편지쓰
기』(공저)(국제외국어평가원, 2005) 등이 있다.

개정판

日本語と日本文化
일본어와 일본 문화

개정1판발행 2019년 1월 28일

편 저 자	황미옥
발 행 처	제이앤씨
발 행 인	윤석현
등 록	제7-220호

우편주소	서울시 도봉구 우이천로 353 3F
대표전화	(02)992－3253
전 송	(02)991－1285
전자우편	jncbook@hanmail.net
홈페이지	http://www.jncbms.co.kr
책임편집	박인려

ⓒ 황미옥, 2019. Printed in KOREA.

ISBN 979-11-5917-132-1 (13830)   정가 12,000원